ベリーズ文庫

旦那様の独占欲に火をつけてしまいました
～私、契約妻だったはずですが！～

田崎くるみ

JN177959

STARTS
スターツ出版株式会社

目次

旦那様の独占欲に火をつけてしまいました〜私、契約妻だったはずですが！〜

旦那様の独占欲に火をつけてしまいました
～私、契約妻だったはずですが！～

『これで契約成立だ』


今日はまだ月曜日。

二十時半を過ぎると、残業しているのは自分ひとりだけになる。

束ねていた背中まである髪をほどき、グンと腕を伸ばして肩や首を回してストレッチする。そして何気なしにスマホを見ると、【新着メッセージ一件あり】の文字が映し出されていた。

「あ、もしかして……！」

ドキドキしながらタップして確認すると、送り主はやはり例の彼だった。

「なんだろう、デートのお誘いとか？　いや、もしや交際の申し込み？」

誰もいないオフィスで浮かれながらメッセージ文を目で追っていくと、次第に笑顔が消えていく。

「……嘘でしょ」

信じられなくて、もう一度食い入るようにメッセージ文を読む。

【すみません、あなたのようなかたとは結婚を前提にお付き合いをすることができま

せん。どうか見合うかたとの素敵な出会いがありますように】

それは結婚相談所で知り合った男性からの、お別れのメッセージだった。

私、姫野芽衣《ひめのめい》は二十六歳にして半年前から婚活を始めた。

過大な条件を相手に求めているわけではない。私はただ、実家とは無縁の人と結婚がしたいだけ。

容姿も年収も性格も普通なら誰だっていい。……一刻も早く結婚したいだけなのに。

「振られるのはこれで何回目だろう。もう嫌になる」

深いため息と共に椅子の背もたれに体重を預けた。

大学を卒業後、『ドラッグストア・アオノ』に入社。ドラッグストア大手の会社で、沖縄を除く都道府県に千店舗近く展開している。私は店舗勤務を経て、一年前に本社の商品部に配属された。

そして今は、近々育児休暇に入る織田杏《おだあん》先輩の後を引き継ぎ、スキンケア・メイクの関東エリアバイヤーになるべく勉強中。

覚えることはたくさんあって、責任ある仕事だし大変だと痛感している。でもだからこそやり甲斐があり、この先もずっと続けていきたいと思っていた。

結婚の条件は、結婚後も仕事を続けたいこと。結婚相談所のプロフィール欄にもしっかりそう明記してもらっている。これに関しては寛大な男性が多いんだけれど……。

会って話をするようになって、自然の流れで聞かれる〝ある質問〟に答えると、みんな手のひらを返す。結果、こうやって振られてしまうんだ。

「あ、結婚相談所に連絡しないと……」

担当のマッチングプランナーに、今の相手から振られたことを報告するべく、文字を打ち込んでいく。

送信し終えた後、再び深いため息がこぼれた。

「結婚したいな……」

本当に結婚したい。そうでないと私……。

「じゃあ、俺と結婚する?」

「――え」

思いを巡らせていると、突然聞こえてきた声に心臓が飛び跳ねる。

姿勢を戻して周囲をキョロキョロすると、ドアの前にはいつからいたのか、上司の門脇俊也《かどわきしゅんや》部長の姿があった。

「門脇部長? いつからそこに……」

「んー、芽衣ちゃんが『デートのお誘いとか？　いや、もしや交際の申し込み？』って言ってたあたりから？」

「……っ!?　最初からじゃないですか‼」

私の声真似をして言う彼に、かあっと顔が熱くなる。

恥ずかしすぎる、独り言を聞かれていたなんて。しかも振られたところをばっちりと……！

居たたまれない気持ちでいっぱいになっていると、彼は声をあげて笑いだす。

門脇部長は入社当時から本社に配属され、二年前、三十歳の若さで部長に昇進したエリートだ。

一八三センチの長身で、スタイル抜群。整った顔立ちをしていて、まるで俳優のよう。それでいて男の色気もある。おまけに仕事もデキるし、部下である私たちへも気さくに声をかけてくれて気遣いもできる。まさにハイスペックな人だと思う。

だけどそんな彼にも、ひとつだけマイナス点がある。

それは『誰にも本気にならない男』だってこと。かっこよく言えば〝プレイボーイ〟。悪く言えば〝ただの遊び人〟。

来るもの拒まず去るもの追わずが、彼のモットーのようだ。でもそんな門脇部長に、遊ばれてもいい！なんて言う女性社員までいるほどモテる。

しかし彼は、仕事とプライベートを区別する男だ。社内の人間と関係を持つことはない。ある意味紳士ともとれる行動が、彼の人気に拍車をかけている。

そんな門脇部長に憧れるファンから、私は少しばかり妬まれていた。仕事とプライベートを区別する男。女性社員のことは全員名字呼び。……それなのになぜか私のことを下の名前で『芽衣ちゃん』と呼ぶ。

勤務中は『キミ』と呼ばれ、こうして就業時間外や昼休みなどは、『芽衣ちゃん』と呼んでくるのだ。

そういえば一度も名字で、『姫野』と呼ばれた記憶がない。

おかげで同僚や同期に「門脇部長、芽衣のことが好きなんじゃないの？」なんてよくからかわれるけれど、それは絶対にないと思う。

彼に好意を抱かれている感じがまったくないもの。……そりゃまぁ、私もちょっぴり自分だけ下の名前で呼ばれるたびに、もしかして私は門脇部長にとって特別な存在なの？なんて自惚《うぬぼ》れていた時期もあったけど。

でも特別扱いされるわけでもなく、言い寄られたことも、食事に誘われたこともない。門脇部長は、大勢いる部下の中のひとりとして私に接している。

だからこそ、いまだに謎なんだ。どうして門脇部長は私のことを「芽衣ちゃん」と下の名前で呼ぶのかが。

「さて、芽衣ちゃん」

いつの間にかこちらに来ていた彼は、デスクに手をつき、私の顔を覗き込んできた。

「な、なんでしょうか……？」

整った顔が急に目の前にきて、のけ反る。それでもどうにか声を絞り出すと、彼の口からとんでもない言葉が飛び出た。

「プロポーズの答えをもらえるかな？」

「……へ？　プロポーズの答え、ですか？」

間抜けな声がでてしまう。

えっと……プロポーズ？　門脇部長はいったいなにを言っているのだろうか。

目を瞬《まばた》かせる私に、彼は顔をしかめた。

「なに？　もしかして、話をちゃんと聞いていなかった？　今さっき、聞いたばかりだろ？　『俺と結婚する？』って」

人さし指を立てて言われ、ふと少し前のことを思い出す。

そ、そういえば門脇部長、結婚する？って言っていた気が……。

いやいやいや、まさかそんな。ただの悪ふざけでしょ？　門脇部長が私なんかにプロポーズなんて、するわけないじゃない。

さっき私が振られたところを見て、からかっているだけだよね？

でも門脇部長が私を見る目は、真剣そのもの。私の答えを待っているよう。

「えっと……冗談ですよね？」

顔を引きつらせながら問うと、彼は真面目な顔で言う。

「冗談でプロポーズをするわけないだろ？」

すぐに返ってきた答えに目を見開いた。

冗談じゃないってことは、本気⁉　ううん、そんなわけない。

意外と陽気な人だ。私がうろたえるところを見て、笑うつもりなんでしょ？

「そんな真剣な顔したって、私は騙されませんからね⁉」

身長が一五四センチしかない私は、立ち上がり長身の彼を見上げて、精いっぱい鋭い眼差しを向ける。すると門脇部長は目をパチクリさせた。

「な、なんですかその顔は……！　門脇部長、私がアタフタするところを見て笑うつもりだったんですよね？」

様子をうかがいながら聞くと、彼は小さく息を吐く。

「騙していないし、後になって笑うつもりもない。ただ、純粋に芽衣ちゃんと結婚したいと思ったからプロポーズしたまでだけど?」

顔を覗き込みながら言われた言葉に、顔が熱くなる。

「なっ、なに言って……!　門脇部長は独身主義なんですよね⁉」

飲み会の席で誰かが『結婚しないんですか?』って聞いた時、自分で『俺、独身主義だから』と言っていたのを覚えている。それで一部の人たちが彼を、〝独身貴族〟と言うようになった。それなのに私と結婚したいと思ったなんて、うっかり信じたら痛い目にあう。

それでも動揺している自分がいて、頭の中はパニック状態。そんな私とは打って変わり、門脇部長は冷静に言う。

「たしかに俺は独身生活を満喫していたし、今後も今の生活を続けるつもりでいたんだけど、そうも言っていられなくなって」

なにやらワケありな様子に、ドキッとなる。

私がこんなに結婚したいのも、もちろん理由があるから。

「この年になると、いろいろと周りがうるさくてね。言われるがまま見合いでもして、サクッと結婚してしまおうかと考えていたんだ」

「サッ、サクッとって……」

まるで仕事を片づけるような言い方じゃない？　自分の生涯に関わる決断だというのに……。

呆気に取られていると、門脇部長は白い歯を覗かせた。

「そんな時に芽衣ちゃんが結婚したいって言っていたからさ。俺も結婚したいと思っていたし、神様がくれたチャンスだと思ったんだ。それにお互い最高のタイミングなのも運命を感じないか？」

門脇部長、サラッととんでもないことを言っていませんか？

「運命なんて感じませんよ！　それにいいんですか？　そんな適当に結婚を決めちゃって。……おまけに私なんかと」

門脇部長は会社での私しか知らないでしょ？　きっと門脇部長も私のすべてを知ったら、これまで知り合ってきた男の人と同じように手のひらを返すはず。

「じゃあ芽衣ちゃんはどうなの？　結婚相談所で結婚相手を探していたんでしょ？　それって、俺が見合い相手と結婚しようと考えているのと変わらないんじゃないのか？」

「それはっ……！」

言葉に詰まる。……だって門脇部長の言う通りだから。

私もただ早く結婚がしたくて、条件に合う人なら誰だっていいと思っていた。きっかけはどうであれ、結婚して一緒に暮らす中で好きになれるかもしれないと安易に考えていたところもある。

それなのに私が門脇部長の結婚観について、偉そうにアレコレ言える立場じゃないよね。

返す言葉が見つからず目を伏せる私に、彼は続ける。

「それに『私なんか』なんて言うな。……俺は芽衣ちゃんだからこそ、結婚したいと思ったんだから」

「えっ？」

顔を上げると、目が合った門脇部長が微笑んだ。

「この一年間、上司として芽衣ちゃんのことを見てきた。……覚えることがたくさんでつらいはずなのに、弱音を吐かず常に笑顔でがんばっているだろ？　周囲を気遣うことができて、努力家。そういう芽衣ちゃんだからこそ、結婚して関係を築けていけたら……と思ったんだ」

「門脇部長……」

びっくりだ。まさか門脇部長にそんなふうに言ってもらえるなんて。

誰かに褒めてほしくて仕事をしているわけじゃないけれど、努力していることを誰かに気づいてもらえていたんだと思うと素直にうれしい。

気を緩めたら泣いてしまいそうで、ギュッと唇を噛みしめた。

「それともうひとつ。……芽衣ちゃんって小動物みたいでかわいくて」

しょ、小動物⁉　小動物ってなに？　ハムスターとかウサギとか？

かわいい系を想像して照れくさくなっている私に、門脇部長はスマホを取り出し、なにやら検索し始めた。

「あ、これこれ。いつも見るたびに芽衣ちゃんそっくりだなーって思っていたんだ」

言われるがまま見せられた彼のスマホの画面には、トゲトゲのハリネズミの画像。

「ハ、ハリネズミ……ですか？」

てっきりハムスターとかウサギだと勝手に勘違いをしていた私は、反応に困る。

いや、もちろんハリネズミもすごくかわいいと思うけど……。

「そう。芽衣ちゃんにそっくりだろ？　距離を縮めようとする相手を警戒して、それ以上近づけさせないところが」

「──え」

まるで私のすべてを知っているような口ぶりに驚く。いつもあたり障りなく他人と接しているけれど、深く関わることで実家のことを知られるのが怖くて、どこかで距離を取っているから。

「どういう意味、ですか？」

心臓の鼓動が速まるのを感じながら問うと、彼はニッコリ微笑んだ。

「そのままの意味。相手を近づけないように、必死で防御している芽衣ちゃんを見て、思いっきり安心させられる存在になりたいと思ったんだ。俺だけに甘えてくれたら最高だろ？」

「……っ⁉　そんなの、私に聞かれても困ります‼」

「それもそうだな」

そう言って笑う門脇部長に、動揺してしまう。

初めて言われた。『思いっきり安心させられる存在になりたい』だなんて。

だけど、どこまでが本気でどこからが冗談なのかわからない。そもそも結婚って……本気じゃないよね？

ひとしきり笑った後、彼は大きく咳払いをした。

「さて、本題に戻ろうか。……芽衣ちゃんさ、本当に俺と結婚しない？」

改めて聞かれても、すぐに答えなんて出るはずない。

するとと門脇部長は、私の席に腰を下ろした。

「さっきも言ったけど、芽衣ちゃんは結婚したいんだろ？　きっとそれには理由があるよな？」

探るような目を向けられ、ドキッとなる。彼は私の両手をそっと握った。

「俺も同じ。……今すぐに結婚したい理由がある」

「結婚したい理由、ですか？」

尋ねると門脇部長は大きくうなずいた。

「あぁ。恋人がいないなら、親が決めた相手と結婚させられる。……最初はそれでもいいと思っていたんだけど、これから先の長い人生を共に過ごすんだ。少しでも好きになれる相手と結婚したいと思うようになった」

『少しでも好きになれる相手』……？　彼の中で私はそういう存在なのだろうか。

トクン、トクンと胸の鼓動が速くなる。彼は私の手を握りしめたまま見上げた。

「今までさんざん遊んできたけど、結婚したら絶対に浮気はしない。……どう？　俺と結婚してみない？　芽衣ちゃんとなら毎日楽しく過ごせると思うんだ」

門脇部長は本気で私に結婚しようって言っているんだよね？

ここ十分の間ずっと混乱していたし、こんな話あり得ないと思っていたけれど……。

門脇部長に結婚したい理由があるように、私にも結婚したい理由がある。

それに、彼となら普通の暮らしができる。まさに理想の相手だ。私が仕事を続けたいと言っても応援してくれると思うもの。

でも本当にいいの？ こんな簡単に結婚を決めちゃっても。

いや、だけど結婚相談所で相手を見つけようとしていたことと、そんなに変わりないといえばそうともいえるし……。

グルグルと思いを巡らせていると、彼はクスリと笑った。

「芽衣ちゃんさ、今、ものすごくグルグルと悩んでいるでしょ？」

「えっ⁉」

図星を突かれて大きな声が出てしまうと、門脇部長の笑いは増すばかり。

「アハハッ！ やっぱり芽衣ちゃんはかわいいな」

「かわっ……⁉ かわいいですか？」

言われ慣れていないワードに恥ずかしくなる。だけど彼は「あぁ、かわいい」と繰り返し言う。

「大恋愛の末に結婚している人たちばかりじゃないだろ？ 出会ってすぐに結婚を決

めちゃう人たちだっている。……俺たちはお互いのことを知らないわけではないし、結婚から関係を築くのも俺はアリだと思うんだけど、芽衣ちゃんは違う？」

そんなことを聞かれても困る。今の私には、〝イエス〟という答えしか見つけられない。だって私自身、そういう始まり方があってもいいと思って婚活していたから。だからといって、流されるがまま〝イエス〟とは答えられないよ。

「あの……少し考える時間をいただけませんか？」

冷静になってよく考えたい。その思いで言うと、彼はすぐに聞いてきた。

「それはもちろん、前向きに検討してくれると思ってもいい？」

すぐに断れないのは、心が揺れているから。前向きに考えているって捉えてもらってもいいよね。

「えっと……はい」

答えると、門脇部長は「わかったよ」と言いながら、握っていた私の手を離した。

「俺との未来、芽衣ちゃんなりに想像してみて。……ちなみに俺は、楽しくて幸せな毎日しか想像できなかったけどね」

そう話す彼の笑顔に胸が苦しくなって、うなずくことしかできなかった。

「門脇部長と結婚……か」

ひとりで暮らしている1LDKのマンションに帰宅後、お風呂につかっていると、どうしても彼に言われた言葉を思い出してしまう。

考えたこともなかった。彼と結婚する未来を。

私にとって門脇部長は、本社に異動してきた時からずっと尊敬する上司だった。そんな彼を嫌ってはいない。

お風呂から上がり、リビングへ戻ると自然と足が向かう先は、片隅に置いた小さな仏壇。

幼い頃に亡くしたお母さんの写真に問いかけた。

「お母さん、私……門脇部長となら幸せな結婚生活を送ることができるのかな？」

お母さんが亡くなるまで、たったふたりの家族だったけれど私は幸せだった。また昔のような幸せな生活を、彼となら送ることができるのだろうか。

門脇部長、私と結婚したら浮気はしないって言っていたけど本当かな？　これまでの彼のプレイボーイぶりを考えると、一抹の不安を覚える。

でも門脇部長なら、婚活で出会ってきた男性とは違い、私の家庭の事情を知っても態度を変えないかもしれない。

お母さんの写真から、近くのテレビボードに飾ってある家族写真に目を向けた。

そこには硬い表情で写る自分がいて、何度見ても苦笑いしてしまう。

私のお父さんは、誰もが知っている全国的にも有名な食品会社の社長。家の事情を話すと、今日私を振った人のように『あなたには、もっとほかに見合う人がいるはず』と言って、私のもとを去っていった。

それは友達も同じ。私自身を見てくれることなく、家のことを知ると『芽衣ちゃんとは住む世界が違う』と言って離れていく子も少なくなかった。

だから会社でも家のことを知られたくなくて、自然と周囲と距離を取るようになった。有名企業の社長の娘だからと言われることなく、対等な立場で仕事をしたかったから。

会社で家の事情を知っているのは、同期で本社の総務部所属の半田玲子《はんだれいこ》だけ。すべてを知っても、変わらずそばにいてくれる数少ない友達のひとりだ。

門脇部長も玲子のように変わらなければいいけど……きっと彼も離れていくんだろうな。打ち明けたら、『結婚しようと言ったことは、忘れてくれ』って言われそう。

部屋の中央にあるソファに腰を下ろした。そして言われた通り、彼との未来を想像してみる。

仕事に関しては真面目だし、家事もソツなくなんでもできると噂で聞いたことがある。女性関係を除けば結婚相手として申し分ないよね。

それに話し上手で、人を笑わせるのがうまい。仕事がうまくいかなくて落ち込んでいる時は一番に気づいてくれて、さりげなく声をかけてくれる。

そういうところ、素直に好きだなって思える。

結婚相談所で知り合った人と結婚するより、よく知っている門脇部長と結婚したほうが、いい関係を築いていけるのかもしれない。

問題は私の家のことをどう思うかだよね。でも結婚を考えるなら避けては通れない道。思い切って、打ち明けてみようかな。

これまで出会ってきた男性と同じだったとしても、私にはもう慣れっこじゃない。だったら早めに打ち明けるべきなのかも。

「今度、玲子に相談してみようかな」

門脇部長との結婚についてどう思うか、どうやって切り出すべきなのか相談してみよう。

そう心に決めて、この日は早めに就寝した。

次の日、いつも私の指導にあたってくれている織田先輩は、定期健診のためお休み。慣れない仕事に四苦八苦し、気づけば今日も定時を過ぎていた。オフィスには誰も残っていない。

門脇部長は一日外出していて、会わずに済んだ。正直、どんな顔をして会えばいいのかわからなかったから助かった。

だけど、目の前に広がる大量の仕事量にため息がこぼれる。

織田先輩が育児休暇に入ったら、全部ひとりでやらなくてはいけなくなる。早く仕事に慣れて、どんどん覚えていかなければならない。

気持ちを切り替えて仕事に取りかかる。まずは来月の広告に載せる商品を考えないと。

季節は夏から秋に移り変わる九月に入る。でもまだまだ日差しが強い時期でもあるから、紫外線対策商品を少しは入れてもいいかな。

ブツブツとつぶやきながら考えていると、オフィスのドアが開く音が聞こえてきた。

静かな室内に響いた音にびっくりして視線を向けると、そこには外出先から直帰予定だった門脇部長の姿があった。

「門脇部長？」

「やっぱりいた」

驚く私のもとへ笑いながらやって来ると、隣の席に腰を下ろした。

「今日は織田が休みだから、心配だったんだ。仕事でわからないことはなかったか？」

「……もしかして門脇部長、それでわざわざ会社に寄ってくれたんですか？」

疑問に思いながら聞くと、彼は口もとを緩めた。

「あぁ、そうだよ。……それに芽衣ちゃんのことだ。昨日俺がプロポーズしたせいで、余計なことを考えて仕事が遅れ、残業している気がしたんだ」

うっ……！　門脇部長ってば鋭い。図星でなにも言い返せなくなる。

でもそっか。私のこと、心配してくれたんだ。戻ってきてくれたのも、私の気持ちを考えてのことだよね？

そう思うとうれしくて胸の奥がムズムズする。

すると彼は、バッグの中からある書類を私に差し出した。

「今日、メーカーと新商品についての商談だったんだ。スキンケアグッズも入っているから参考にするといい。……特売商品に悩んでいたんだろ？」

本当、門脇部長にはなんでもお見通しなんだ。でもそれは私に限らず、部下の仕事状況をすべて把握している彼だからこそできるフォローだよね。

これまでにも、先輩が困っていたり行きづまったりしていると、さりげなく手助けする彼の姿を何度も見てきたもの。

「……ありがとうございます」

「どういたしまして」

資料を受け取ると、門脇部長はふわりと笑う。その姿にまた胸をときめかされる。

だけどすぐに胸の高鳴りを抑えて、仕事に取りかかった。

門脇部長に渡された資料は、私が担当している部門のものだけがピックアップされていて、さりげない優しさを感じる。それと同時に彼の体調が心配になった。

ただでさえ商品部の中で一番多忙なのに、余計な仕事を増やしてしまったから。

「門脇部長、大丈夫ですか？」

「なに急に」

門脇部長は、ノートパソコンを広げて笑いながら言う。

「私が不甲斐ないせいですが、自分の仕事もあるのに、こうして私の仕事までさせてしまい本当にすみません。……ちゃんと休めていますか？　今日だって直帰だったのに、私のせいで会社に寄らせてしまったんですよね？」

会社では疲れた顔をいっさい見せないけれど、無理していないだろうか。

心配でたまらなくて聞くと、彼はどこかうれしそうに目を細めた。

「大丈夫だよ、無理していないから。俺、仕事が趣味みたいなもんだから、つらいと思ったことがないんだ。……それに、少しでもこうして俺の心配をしてくれる優しい部下の力になりたいから」

「門脇部長……」

「今日は俺も仕事が残っているから、会社に戻ってきたんだ。資料も、今日もらったものが、たまたま芽衣ちゃんの参考になるものだっただけだから気にするな」

おどけて『たまたま』だなんて言うけれど、絶対嘘だよね？　とにかく早く終わらせよう。よりいっそう集中して、終わったのは二十時を回った頃だった。

ふぅとひと息つくと、門脇部長はパソコンを閉じた。

「終わったか？」

「はい、資料ありがとうございました。本当に助かりました」

「いいよ、お礼はこれから一緒に食事に行ってくれれば」

「えっ？」

目を瞬かせながら、立ち上がる彼を目で追う。すると門脇部長はニヤリと笑った。

「だからお礼は食事でいいって言ってるだろ？　ほら、早く行くぞ」

「行くぞって……あっ！　ちょっと門脇部長⁉」

彼はすばやく荷物をまとめると、フロアの戸締りを始めた。

食事に行くなんて言っていないのに、門脇部長は行く気満々だよね？　もしかして、最初から私と食事に行くつもりで会社に戻ってきたとか？

そんな考えが頭をよぎりながらも、パソコンの電源を切って荷物をまとめ終える頃、戸締りを終えた彼が戻ってきた。

「よし、じゃあ行くか」

「行くかと言われましても、私はまだ了承した覚えはないのですが？」

「いいから」

一方的に言うと、門脇部長は私の手を掴み歩きだした。

「門脇部長⁉」

話を聞き入れられることなく、強い力で手を引かれた私は、彼についていくしかなかった。

幸い残っている社員は少なく、会社を出るまで手をつないでいるところを、誰かに見られることはなかった。

そして彼が私を連れて向かった先は、駅前にある居酒屋。週前半の火曜日だというのに、店内が狭いため満席。通されたのはカウンターの端の席だった。

「芽衣ちゃん、なに飲む？ ここは女性でも飲みやすい日本酒も揃っているけど飲める？」

「えっと、はい」

あまり強くなければ、日本酒も飲める。

すると門脇部長は「了解」と言いながら、メニューに目を通した。その間、私は店内を見回してしまう。

ここ、ずっと気になっていたんだよね。でも男性客が多くて玲子とふたりでは入りづらかった。今もほとんどが男性客ばかりだし。

そんなことを考えている間に、門脇部長はお酒と料理の注文を済ませてくれた。

「はい、どうぞ」

すぐに運ばれてきた日本酒とお通し。すると門脇部長はグラスを手にした。

「まずは乾杯しようか」

「はい」

言われるがまま乾杯し、恐る恐るひと口飲む。本当に飲みやすくておいしい。

「これなら私も飲めます」

「それはよかった」

安心した顔を見せ、彼もおいしそうに飲む。

「門脇部長、日本酒飲むんですね。いつもはビールでしたよね？」

何度か会社の飲み会があったけれど、その時は決まってビールだった。だからふと疑問に思い聞くと、門脇部長はニッコリ笑った。

「芽衣ちゃん、俺のことよく見てるね」

「たっ、たまたま覚えていただけですからね⁉」

慌てて答えると、彼は笑った。

「そっか、それは残念。……俺ね、日本酒が大好きで。だからこそおいしく飲みたいからひとりの時か、気を許した相手と一緒の時しか飲まないって決めているんだ」

「……えっ？」

意味ありげな言葉にドキッとしてしまう。すると彼は頬杖をついて私の顔を覗き込んだ。

「そういえば、こうして芽衣ちゃんとふたりで飲みにくるのは初めてだね」

「そうですね！」

勢いよく正面を向き、グビグビ飲む。

反応したらだめ。とくに深い意味なんてないよ。きっと私の慌てる姿を見ておもしろがっているだけ！

そう自分に言い聞かせないと、一向に胸の高鳴りが収まってくれそうにない。ちょうど門脇部長が注文した料理が運ばれてきて、会話は一時中断。

「食べてみて、ここの料理どれもうまいんだ」

「……いただきます」

箸を伸ばすと、どの料理も本当においしくて自然と顔がほころぶ。

「おいしいです」

「だろ？」

私の反応を見て、まるで少年のように喜ぶ姿にまた胸がギュッと締めつけられる。

意外。門脇部長もこんなふうに笑ったりするんだね。

初めて見る笑顔に視線が釘づけになる。

「芽衣ちゃんに、ここのうまい酒と料理を食べさせたかったんだ。本当は年上の男らしく、最高級レストランを予約するべきだったのかもしれないけど、初めて食事に行くのに、堅苦しいところだと変に緊張させそうだったから」

本当に門脇部長は、私のことをよく理解している。おいしい料理とお酒にだいぶほぐれたけれど、ちょっぴり今も緊張しているから。

男の人とふたりっきりで食事する機会なんて滅多にないし、おまけに相手は昨日プロポーズしてきた門脇部長なのだから。

彼の気遣いに心が温かくなる。だけどそれも束の間だった。

「それと昨日の返事をもらおうと思って」

返事って……えっ⁉　昨日の今日で⁉

ギョッとする私に、門脇部長は不気味な笑顔を見せた。

「真面目な芽衣ちゃんのことだ。先延ばしにしたら、俺との結婚なんてすっかり忘れて、織田の仕事を引き継ぐことしか考えなくなりそうだから」

本当に門脇部長ってば鋭い。返事はまだ先でいいと言われたら、仕事で頭の中がいっぱいになる未来が想像できる。

早く結婚したいと思いながらも、婚活より仕事を優先していたところもあったから。

なにも言わない私に確信を得たようで、彼はため息をこぼした。

「やっぱりな。だから今夜、食事に誘ったんだよ。……ちゃんと俺との未来を想像してくれた？」

「想像はしましたけど……」

言葉に詰まる。だって想像しても、答えなんてすぐ出なかったもの。だからこそ気になったことを彼にぶつけた。

「ひと晩経っても、門脇部長の気持ちは変わらなかったんですか？」

冷静になって、私なんかにプロポーズをして、早まったかもしれないと後悔していない？

不安になり聞くと、門脇部長はすぐに首を横に振った。

「変わるわけないだろ？　芽衣ちゃんと結婚したいよ」

真っ直ぐに目を見て言われた言葉に、胸が苦しくなる。

「それでどうだった？　想像した俺との未来は」

彼と結婚したら、どんな生活になるんだろうって昨夜想像してみたけれど、正直うまく思い描くことができなかった。あたり前だよね、未来なんてわからないもの。

だけど結婚したとして、不幸になることはないと思う。門脇部長となら、案外いい関係を築いていけるかもしれないと思った。

だったら今、伝えるべきじゃないかな。家のことを知っても変わらず結婚したいと言ってくれたら、迷いなど吹っ切れそうだから。

しかし単刀直入に言う勇気はなくて、私の答えを待つ彼に恐る恐る言った。

「あの、ひとつお願いしてもいいですか？」

「なに？　芽衣ちゃんのお願いなら、なんでも聞いちゃうよ」

手を広げて「言ってみて」と言う門脇部長に、思い切って口にした。

「結婚する前に、その……私の家族と会っていただけませんか……？」

「そんなのあたり前だろ？　結婚するなら、芽衣ちゃんのご家族に挨拶に行くさ」

門脇部長は即答してくれたけど、素直に喜べない。私の家のことを知らないから、そんなふうに言ってくれるんだよね。

「本当ですか？　……私の家族が、どんな人かわからないじゃないですか。もしかしたら門脇部長にとって、付き合いにくい両親かもしれません」

すぐにはお父さんが経営する会社のことを言えなくて、遠回しになってしまう。すると門脇部長は目を瞬かせた。

「付き合いにくいって……もしかして社会的に危ない立場にいる人なの？」

「いいえ、そういうわけではありません！　ただ、その……嫌に思う相手かもしれません」

核心を伝えるのが怖くて、しどろもどろになる。

どうして私、お父さんのことを素直に言えないんだろう。これまでの婚活相手のように、手のひらを返されたくないと思っている？　だから言えないのだろうか。

考え込んでいると、彼は力強い声で言った。

「芽衣ちゃんのご両親がどんな人だって、俺は好かれて認めてもらえるよう努力するよ。悪いけど、本気で芽衣ちゃんと結婚したいからプロポーズしたんだ。受け入れてくれるなら、なにがあっても芽衣ちゃんと結婚するから」

「門脇部長……」

どうしよう、涙が出そう。

もしかしたら門脇部長は、今まで出会ってきた人たちとは違うのかもしれない。私の家のことも受け入れてくれるかも。

その思いは強くなり、バクバクと心臓が暴れだす。

だめだ、一回落ち着こう。ここはアルコールの力を借りて、勢いで打ち明けちゃおう。

グラスを手に取り、残りの日本酒を喉に流し込んだ。

「あっ！　芽衣ちゃん、それ俺のっ……！」

「――え」

喉が焼けるほどピリピリして、すぐに体中が熱くなる。

「大丈夫か⁉　すみません、お冷ください！」

どうしよう、目がチカチカする。頭がぐらぐらし始め、慌てて店員から水をもらう門脇部長の姿を最後に、私は意識を手放した。


「んっ……」

まぶしい朝日に目が覚めると、視界に飛び込んできたのは見慣れない天井のクロス。

あ、あれ……？　ここはどこ？

体を起こしたけれど、激しい頭痛に襲われそのままベッドに戻った。

頭を抱えながら、徐々に記憶を呼び起こしていく。

たしか私、昨夜は門脇部長と飲んでいたよね？　それで家のことを伝えようとして、景気づけに日本酒を飲んで……。そうだ、間違って門脇部長の日本酒を飲んでしまったんだ。

そこまで思い出すと、規則正しい寝息が耳に届く。

見慣れない天井に、聞こえてくる規則正しい寝息。もしかして……。

恐る恐る隣を見ると、至近距離に門脇部長の寝顔があって悲鳴をあげそうになる。

すぐに口を手で覆い、違う意味で頭が痛くなった。

私ってば、なにやってるのよ。もしや記憶がない中、彼と一線を越えてしまった？

急いで布団をめくるものの、昨日の服装のまま。門脇部長も部屋着姿。ってことは、なにもなかったんだよね？　酔いつぶれた私を自宅に連れ帰り、介抱してくれたんだ。

勝手に早とちりをして焦り、今度は申し訳なくなる。

「んっ……芽衣ちゃん？」

寝起きだからか、かすれた声で名前を呼ばれドキッとしてしまう。

「あっ、おはようございます」

ドキドキしながら声を絞り出し、ゆっくりと起き上がった。

「体調はどう？　気持ち悪いとかない？」

「えっと……はい。あの、昨夜はすみませんでした」

起き上がった彼に深々と頭を下げると、クスリと笑われた。

「記憶はあるんだ？」

「……門脇部長のお酒を飲んだところまでは」

「それは残念。その後の芽衣ちゃんすごかったのに覚えていないなんて」

「えっ⁉」

それはつまり記憶がない中、私はなにかまずいことをしちゃったってこと⁉

ギョッとして顔を上げると、門脇部長は必死に笑いをこらえていた。

「冗談だよ。なにもしていないから安心して。あれから一度も目を覚ますことなく芽衣ちゃんは爆睡。だから家に連れ帰ったんだ。ごめんね、服も着替えさせずに。結婚前に不可抗力とはいえ、裸を見るわけにはいかないと思って。……それとも脱がせたほうがよかった？」

「とんでもないです！　このままでよかったです‼」

早口で言うと、今度は声をあげて笑う。

昨日も思ったけど、無邪気に笑う門脇部長はなんていうか……かわいい。

少しの間視線を逸らせずにいると、落ち着いたのか優しい目を向けた。

「それで昨夜は、俺になにを言おうとしてくれたの？　言いたいことがあったんじゃないのか？」

「あっ……」

そうだった、昨夜は門脇部長に家のことを話そうとしていたんだ。

「出勤までまだ時間があるし、いくらでも聞くよ。どうしたの？」

「えっと……」

昨夜は酔っていたのもあったし、お酒の力を借りて打ち明けようと思っていた。アルコールが抜けた今とは違うから、改めて話すのかと思うと緊張してしまう。……だけど門脇部長は私が話すのを待ってくれている。

でも早く言わないとと思えば思うほど、なかなか言葉が出てこない。なにも言えずにいると、急に大きな手が私の頭を優しくなでた。

「いいよ、言いたくないことを無理して言わなくても」

「え……？」

顔を上げると、門脇部長は目を細めた。

「だけどこれだけは覚えておいて。どんな話を聞かされても、俺が芽衣ちゃんと結婚したい気持ちは変わらないことを」

「門脇部長……」

「だからイエスの返事しか受けつけないけどな」

そう言って笑顔を見せる彼に、また昨夜のように心臓が忙しなく動きだす。

結婚相手は家とは無縁で、どこかの会社の御曹司でなければ誰でもよかった。門脇部長のこと、まだ好きかわからない。……でも私、結婚するなら彼がいい。素直にそう思った。

見ず知らずの人より、優しくて尊敬できて、そしてなぜか私のことを理解してくれている彼がいい。

きっと門脇部長なら、家のことも受け止めてくれる。こんなに優しい人となら、幸せな結婚生活を送れると思うから。

「なにか食べるか？　と言っても、簡単なものしか用意できないけど」

そう言いながらベッドから下りようとした彼の服の裾を、咄嗟に掴んで引き止めた。

「……芽衣ちゃん？」

当然不思議そうに私を見つめてくる。

言わないと。そのために引き止めたんでしょ？　それに今言わないと、おじけづいて言えなくなりそうだもの。

そう自分に言い聞かせて、彼と目を合わせた。

「あの……よろしくお願いします」

プロポーズ受けます。結婚しますとは言えなくて、言葉を濁したものの、門脇部長には伝わったようで半信半疑で聞いてきた。

「それはつまり、俺と結婚してくれるってこと……？」

「えっと、はい。……キャッ!?」

返事をすると、勢いよく抱きしめられた。

「うれしいよ、ありがとう」

そう言って彼が抱きしめる腕の力を強めてくる。そんなふうにされたら、体も心も苦しくなる。

返事をした今も、これが正しかったのかなんてわからない。ただ、素直に彼と結婚したいと思ってしまった。これ以上の決め手なんてないよね。

「あの、門脇部長」

「ん？　どうしたの？」

さっきは言えなかったけど、結婚をするなら家のことだけではなく、私のすべてを知ってほしい。

「近いうちに、昨夜の話の続きをさせてください」

「わかったよ。芽衣ちゃんが話してくれるのを待ってる。……まぁ、なにを聞いても俺の気持ちは変わらないけど」

ゆっくりと離された体。すぐ目と鼻の先に彼の端整な顔があって、目を見開く。微動だにできない私に、門脇部長は甘い声でささやいた。

「よろしくね、芽衣ちゃん」

「よ、よろしくお願い……」

言い終える前に唇に触れた温かな感触。視界いっぱいに彼の整った顔があって、まばたきすることもできなくなる。

キスだって自覚したのは、門脇部長の唇が離れた後だった。

えっと……今、キスしたよね？

じわじわと実感すると、恥ずかしくて体中が熱くなる。そんな私に彼はイジワルな顔で言った。

「これで契約成立だ。もう逃さないからな」

そのまま彼は私をベッドに押し倒した。そして男の色気をだだ漏れさせて覆いかぶさってきた。

「か、門脇部長……？」

逃げ場を失った私は、ただ私を見下ろす彼を見つめることしかできなかった。

『今さら契約解除は許さない』

ドラッグストア・アオノの本社ビルは、都内のはずれにある。

広大な敷地に建てられた五階建てのビルの最上階に、社員たちの憩いの場であるカフェテリアがある。

オシャレな内装で、ゆったりとした空間が広がっている。周辺に飲食店やコンビニがなく、一品注文すれば、サラダやスープは無料で食べ放題というのもあって、昼休みとなると大勢の社員が詰めかける。

週の終わりの金曜日。今日は外出予定がないため、私も満席に近いカフェテリアの端の席で、日替わり定食を注文し、玲子と昼食を共にしていた。

「えぇっ！　結婚⁉　ちょっと、電話で言っていたことは本当だったの⁉　しかも相手があの門……っ」

「玲子、一度落ち着こうか！」

大きな猫目を見開いて驚く彼女の声を遮った。

するとここが大勢の社員が一堂に会する場所だと今さらながら気づいたのか、玲子は両手で口を覆った。

「ごめん、まさかの急展開にびっくりしちゃって……」

そう言うとふわふわの髪を耳にかけて前のめりになり、真剣な面持ちで私に確認してきた。

「それでさっきの話は、私を驚かせようとするドッキリじゃないよね？」

「あたり前でしょ？　こんなドッキリを仕掛けるわけないでしょ？」

二日前の朝、自分の気持ちに素直になり、門脇部長と結婚することを約束したわけだけど、その後のことを思い出すとさっそく後悔しつつある。

私はひょっとしたら、とんでもない人と軽はずみに結婚の約束をしてしまったのかもしれないと。

それというのもいきなりキスをされた後、ベッドに押し倒された。

なにも言えないでいると、『今さら契約解除は許さないからな』と笑顔で釘を刺され、結婚相談所はその日のうちに絶対退会するよう言われた。さらには今週末、私の実家に挨拶に行くから、今すぐに連絡をするように言ってきたのだ。連絡しなければ、このまま襲うと脅して。

プレイボーイと噂される彼だもの、貞操の危険を感じた。

『結婚するんだから、遅かれ早かれ芽衣ちゃんのことは抱くし、俺はどっちでもいいけど？』なんて、笑顔で言うんだから余計に。

だから私は言われるがまま、彼の目の前でお父さんに電話をして、『紹介したい人がいるんだけど……』と打ち明けると、週末なにがなんでも予定をつけると言いだしたのだ。

自分で決めたことだけど、本当に門脇部長と結婚してもいいのか不安になった。両親に紹介したら後戻りできない気がして怖くなり、玲子に事の経緯を説明したのだ。だけど話が話だけにすぐには信じてもらえなかった。『私を驚かせようとしたって、そうはいかないんだからね』なんて言われる始末。

玲子がすぐに信じられなかったのもうなずける。門脇部長に関しては、結婚にまったく興味がなく、絶対に社内の女性とは関係を持たないという噂は有名。だから誰だって信じられないはずだ。現に私も最初はなかなか信じられなかったし。

でも悲しいかなすべて事実で、私は今、切羽詰まった状況下にある。なんせ明後日には門脇部長と私の実家に挨拶に行く予定なのだから。

「ねぇ、玲子。私どうしたらいいかな。そりゃ結婚したいと思ったから返事をしたわけだけど、本当にこのまま門脇部長と結婚してもいいと思う？」

「いや、そんなの私に聞かれても困るから！」

小声でボソボソと話を続ける。

「自分で決めたんでしょ？」

「そうだけど、さっきも話したでしょ？　結婚すると言った途端、有無を言わせぬごとくで、怖くなって……。それにまだ彼にすべてを打ち明けていないし」

しどろもどろになりながらも説明をすると、玲子は真剣な面持ちで言った。

「たしかに芽衣が今さら結婚したくないと言いだせないように、外堀を埋めにかかった行動力に不安を抱く気持ちはわかる。……でも芽衣は、門脇部長にこれまで出会った男性とは違うものを感じたんでしょ？」

「……うん」

だから彼となら、結婚したいと思ったんだ。

「だったら悩むことなく、門脇部長と結婚すればいいじゃない。よく考えれば、芽衣の結婚の条件にぴったりあてはまるでしょ？　それに彼を逃したらこの先、芽衣が思い描く、理想の結婚をするチャンスは訪れないんじゃないの？」

もっともなことを言われて押し黙る。もしかしたらこれがラストチャンスかもしれない……でも……。

「何度か話そうとしたんだけど、無理に話すことないって言われたから、まだ実家のことを伝えていないんだけど……実際に訪れた時にびっくりしないかな？」

いや、びっくりするだけならいい。家を見たら、帰ると言われないだろうか。

不安を打ち明けると、玲子は「うーん」と唸る。

「……まぁ、こうなったらもう、なるようにしかならないんじゃないの？」

「だよねぇ」

もう明後日に差し迫っているんだもの。流れに身を任せるしかないのかもしれない。

それに私の実家を見て親のことを知り、結婚はなかったことに……と言われたって、慣れているじゃない。

だけど言われた時のことを想像すると食欲が失せる。

「芽衣も大変だね。……親は選べないし、仕方ないのかもしれないけどさ」

「……ね」

出るのは乾いた笑いだけ。

「もし、門脇部長もこれまでの男と同じ理由で芽衣を振ったら、私がたくさん慰めてあげるから」

「……ありがとう、玲子」

玲子の存在が、本当に今の私にとってとても心強い。

「じゃあいつものように振られちゃったら、玲子を頼るからよろしくね」

「了解」

門脇部長がどんな態度に出るかわからないけれど、私は受け止めよう。

なんて言い聞かせながら、実際に彼の口から言われた時のことを考えると、胸が痛む。それはきっと今までの男性とは違い、会社の上司でよく知る相手だからだよね？

少しの違和感を拭えないまま、玲子と昼食を済ませ再び業務に戻った。


そして迎えた日曜日、顔合わせの当日。

「門脇部長、まだ来ていないよね？」

つぶやきながらスマホで時間を確認すると、約束の三十分前。さすがにまだ来ていないようだ。

待ち合わせは十時半。場所は私の最寄り駅前のロータリー。彼が車で迎えにきてくれることになっている。

どこかで座って待とうと思い、周囲を見回すと、コンビニの窓ガラスに映る自分の姿が目に入った。

ロングワンピースにカーディガンを羽織ってきた。……おかしくないよね。

今日これからのことを考えると、自然とため息がこぼれる。

空いていたベンチに腰掛けて、おもむろに雲ひとつない空を見上げた。

門脇部長とプライベートで会うのは初めて。緊張してドキドキする。でもそれは、門脇部長に会うことを考えてではない。実家に帰ることに対してだ。

今日の服装で実家に帰っても大丈夫か、家族にどんな反応をされるのか。そればかりが気になり、緊張して仕方がない。

大学進学を機に私はひとり暮らしを始めた。学生のうちは年に何度かは帰っていたけれど、社会人になってからは足が遠のいていった。

今年の正月にはとうとう帰らなかった。だからえっと……もう一年以上帰っていないことになる。

そりゃ緊張するのも当然だよね。ましてや今日は、門脇部長を連れていくのだから。

彼は私の家の事情を知り、どう思うだろうか。聞いていないぞ⁉　と怒る？　それとも引く？　……ううん、門脇部長はほかの男性とは違う、家のことを抜きにして、私自身を見て受け入れてくれるかも……なんて、淡い期待を寄せている自分がいる。

門脇部長は私たち部下、ひとりひとりをしっかり見てくれているから。会社の姿がプライベートの姿でもあってほしいと自然と願ってしまっている。

こんな願い、身勝手なものだとわかっていながら。

呆然とロータリーに入っては去っていく車を眺めていると、急に視界が真っ暗になった。

「きゃっ⁉」

びっくりして咄嗟に立ち上がると、私の背後には笑顔の門脇部長が立っていた。どうやら彼が背後から私の目を覆ったようだ。その証拠に、驚く私を見て、まるでイタズラが成功した少年のように屈託ない笑顔を向けてきた。

「おはよう、芽衣ちゃん」

「……おはようございます。ひどいじゃないですか、驚かせるなんて」

まだ心臓がバクバクいっている。

胸もとを押さえながら抗議をすると、彼は「ごめん」と言いながら、にこやかな表情を崩さない。

ジロリと睨んでいると、私の目の前にやって来た。初めて見る門脇部長の私服姿に、目が離せなくなる。

そういえば私、自分のことにいっぱいいっぱいで、彼に服装のことを言っていなかったけれど……さすが門脇部長、そつがない。

上質なシャツにジャケットと、爽やかな装い。それがまた似合っている。

まじまじと眺めていると、珍しく彼はどこか不安げに聞いてきた。

「この服装では、まずかったか？」

「えっ？　いいえ、そんなっ……！　全然大丈夫です！　父も堅苦しく構えずに来てほしいと言っていたので」

慌てて伝えると、ホッとした顔を見せた。そして今度は彼が私をジーッと見つめてくる。

「……あの？」

視線に耐えられなくて声をあげると、門脇部長はまた満面の笑みを浮かべ、いきなり私の手を取った。

「芽衣ちゃんの私服姿、初めて見たけどかわいいな。清楚な服がとくに似合う」

さらりと恥ずかしくなるようなことを言いながら、私の手を握り歩きだした。

「ちょ、ちょっと門脇部長!?」

突然の事態に、なぜに手をつなぐ必要があるのですか!?と言葉が続かない。

「いいだろ？　俺たち、結婚するんだから」

シレッと言うとスタスタと歩を進めていく。

男性と付き合った経験はあるし、こうして手をつないでデートをしたことだってある。それなのに相手が門脇部長というだけで、どうしてこんなにも心を乱されているわけ？

その答えは出ないまま、ロータリーの近くにある駐車場へ向かうと、彼は白のセダンの前で足を止めた。そして意味ありげな瞳を私に向けた。

「それに手をつなぐより、もっと恋人らしいことをした仲だろ？」

恋人らしいことって……。

一瞬フリーズするも、すぐにこの前のキスだとわかり顔が熱くなる。

「あれは門脇部長が勝手にしたわけでして……！」

決して合意の上でのキスではなかった。

「じゃあもう一度する？」

そう言うと彼は私との距離を縮めた。

車と門脇部長に挟まれて、近すぎる距離に微動だにできない。顔を上げれば彼の顔が間近に迫ってきて、パニックになる。

ど、どうしようまたキスされる？　でも結婚するって言ったわけだし、そういうオプションも当然ながら含まれているんだよね？

視線は下がり、どうしたらいいのかわからなくなる。……だけどすぐに聞こえてきた「ククッ」の声に、からかわれたんだと気づいた。

再び顔を上げて彼を見れば、口に手をあてて、必死に笑いをこらえていた。

「もう、門脇部長⁉」

「ごめんごめん、芽衣ちゃんがあまりにかわいい反応をするから、ついからかいたくなって……。でもおかげでお互い緊張は解けただろ？」

「緊張は解けたって……え、お互い？」

あまりにも意外なことを言われ、大きく目を見開いた。

たしかに私はこれから門脇部長と共に実家へ行くんだと思うと、緊張と不安で押しつぶされそうだった。

だけどそれは私だけだと思っていたのに……まさか門脇部長も緊張していたの？

ジッと見つめていると、彼は顔をしかめた。

「言っておくけど、俺だって緊張するからな？　仕事で営業先に行くんじゃないんだ。結婚の挨拶に行くんだから」

「門脇部長……」

するといきなり私の鼻をつまんだ。

「だから芽衣ちゃんも、俺の呼びかけにも気づかないくらい緊張するのは、もう終わり。……知ってるだろ？　俺の営業スキル。取引先の懐に入り込むのは得意なんだ。芽衣ちゃんのご両親にも好かれるようがんばるよ」

自信たっぷりにそんなことを言う門脇部長に、思わず笑ってしまった。

「私の両親は、営業先じゃないですよ？」

ツッコミを入れながらも、心は温かい気持ちで満たされていく。

門脇部長には気づかれていたんだ、私が緊張していたことに。だからあんな言動を取ったんだ。

本社に配属されて初めて取引先に挨拶へ向かう際も、冗談を言って笑わせてくれて、私の緊張を解いてくれたよね。

いつの間にか私と一緒になって笑っていた彼は、助手席のドアを開けてくれた。

「そろそろ出発するにはちょうどいい時間だ。今出れば、五分前には着くだろう」

「そうですね」

営業先には遅刻はもちろんのこと、早く着きすぎるのもよくないと教えられた。五分前に到着するのが理想だと。

「お願いします」と言いながら車に乗り込むと、爽やかな柑橘系の香りに包まれた。

私が乗り込んだのを確認すると、ドアを閉めてくれて、その後自分も運転席に乗り込んだ。

その振る舞いはスマートで、さりげなくエスコートしてくれた彼は、とても紳士的に見える。

車内は、思った以上に運転席と助手席の距離が近くて、また違った意味で緊張してくる。男性が運転する車には何度か乗ったことがあるのに……。

「それじゃ行こうか」

「は、はい」

声を上擦らせながらも返事をすると、門脇部長は車を発進させた。

少し走ったところで、肝心なことに気づいた。緊張していて実家の住所を教えていないことに。

「あっ……！　実家の場所ですが」

「大丈夫、わかっているから」

「――え」

わかっているって……どうして？　あれ、でもさっきも門脇部長、今出れば、五分前には着くだろうなんて、まるで駅から実家までの距離を知っているような口ぶりだったよね。

教えていないのにどうして知っているの？　会社の提出書類にはひとり暮らししているマンションの住所しか書いていないし、彼が知る術《すべ》はないはずなのに……。

疑問は膨れ、運転する彼に尋ねた。

「あの、どうして私の実家を知っているんですか？」

「んー、それは内緒」

「内緒って……」

その後もどんなに聞いても教えてもらえないまま、車は真っ直ぐ実家へと向かっていく。

次第に見慣れた景色が目に入ってくる。都内の高級住宅街は、いつ来てもどの家も立派で目を奪われてしまうほど。

数年前まで自分もこの地域に住んでいたなんて、なんだか信じられない。それほど私の日常から、かけ離れた世界だから。

門脇部長は迷うことなく、実家にたどり着いた。来客用の駐車場に車を停め、私たちは車から降りる。

自然と見上げてしまうのは、大きな門扉の先に見える三階建ての洋風の家。

高校生の時、遊びにきた友達はみんな口を揃えて『こんな素敵な家に住んでいるなんてうらやましい』と言っていた。

だけど、どんなに立派な家に住んでいたって、私は決して他人からうらやましがられるような生活を送っていたわけではない。

「うん、ちょうど五分前だ。それじゃ行こうか」

「えっ？　あ、門脇部長⁉」

彼は何度も足を運んだことがあるかのように、迷いなく門扉へと向かっていく。

やっぱり門脇部長は私の実家を知っていた？　実際に目のあたりにしても、驚きもしなかったし。

疑問を膨らませながら彼の後を追う。

門脇部長がインターホンを押して数秒経つと、門扉は自動で開き、玄関のドアが開く音がした。

そしてこちらに駆け寄ってきたのは六つ年上の兄、昴《すばる》だ。

「芽衣、待ってたぞ。よく来たな！」

両手を広げて一目散にこちらにやって来たお兄ちゃんに、一歩後ずさる。

一年以上会っていなかったけれど、お兄ちゃんは相変わらずのようだ。

年が離れているからか、昔から過保護だった。私に向けられる愛情をうれしく思いながらも、時折困ることも。

だけどそれは、多感な時期にひとりになった妹を守るための優しさだと知っている。

そんなお兄ちゃんが好きだから、困ることがあっても強く言えずにいた。

いつものように抱きしめられる覚悟を決めた時、スッとお兄ちゃんから私を隠すように門脇部長が立った。

「え……門脇部長?」

大きな背中に声をかけると、次に信じられない言葉が耳に届いた。

「いい加減シスコンは卒業しろよ、昴」

「俺はまだお前を芽衣の結婚相手として、認めたわけじゃないからな? 俊也」

初対面のはずのふたりがお互い下の名前で呼び合っていることに、驚きを隠せない。

それもかなりの親密ぶりがうかがえる。

もしかして、いや、もしかしなくてもふたりは顔見知り……?

火花を散らすお兄ちゃんと門脇部長を交互に見る。すると私の視線に気づいたふたりは、バツが悪そうにお互いそっぽを向いた。

「昴とは、中学からの腐れ縁なんだ」

「あぁ、不本意ながら今も付き合いが続いている」

説明されるものの、びっくりして声が出ない。

だってまさかふたりがそんな昔から知り合いだったなんて……。まったく知らなかった。

「ごめんね、芽衣ちゃん。内緒にしてて。……だから芽衣ちゃんの実家も知っていたんだ。ここには何度か来たことがあったから」

「そうだったんですね……」

お兄ちゃんの友達が家に来ていたことは知っている。だけどお兄ちゃんってば、友達が私に惚れたら大変だから……なんて意味のわからないことを言って、一度も会わせてはくれなかった。

だからずっとお兄ちゃんの交友関係は謎のままだったんだけど、まさか門脇部長と友達だったなんて――。

「教えてくれたってよかったじゃないですか」

ボソッと門脇部長に文句を言うと、なぜかどこかうれしそうに笑う。

「芽衣ちゃんのそのいじけた顔が見たかったからさ。……びっくりした？」

「……はい」

返事をすると彼は満足そう。

いじけた顔が見たかったなんて、門脇部長ってば本当にイジワルだ。

ご満悦な様子の彼をジロリと睨んでいると、私たちの間にお兄ちゃんが割って入ってきた。

「俊也お前、芽衣のことを気安く『芽衣ちゃん』と呼ぶな。俺の許可を取ってからにしろ」

「どうして昴の許可が必要なんだよ。言っておくがお前は芽衣ちゃんにとってただの兄だけど、俺は夫になるんだ。お前より上だろ？」

「なにを言ってる！　血がつながっている俺のほうがお前より上に決まっているだろうが。結婚したってお前はしょせん、他人だろ？」

小学生のような言い合いをするふたりに、あきれ果てる。

だけど門脇部長、お兄ちゃんと友達だったってことは、当然家のことも知っていたはず。……知っていて、プロポーズしてくれたんだよね？

それにこのお兄ちゃんもある意味不安要素だったけれど、友達だった門脇部長なら大丈夫だよね。

結婚する際に立ちはだかる最大の難関を、彼なら突破してくれそうで期待感を抱いてしまう。

言い合いをしながらも、ふたりの仲のよさを感じていると、いつまでも家に入ってこない私たちに痺れを切らしたお父さんの声が、インターホンから聞こえてきた。

「なにやってるんだ、昴。早く入ってもらいなさい」

お父さんの声にお兄ちゃんはハッとし、大きく咳払いをした。

「おいで、芽衣。父さんも母さんも芽衣に会いたがっていたんだ」

お兄ちゃんに笑顔で手招きされるものの、顔がこわばる。

「……うん」

いよいよ両親に会うんだと思うと、体中に緊張が走る。

「行こう、芽衣ちゃん」

門脇部長にも促され、大きな表札に書かれた〝久我《くが》〟の文字を見ながら敷地に足を踏み入れた。

玄関は全面大理石が敷かれていて、三階まで吹き抜けになっている。天窓から太陽の日差しが届いて、キラキラと光り輝いていた。

お兄ちゃんを先頭に門脇部長と肩を並べて廊下を突き進んでいくと、ドアの先には広々としたリビングが広がっている。

一〇〇平米もあるリビングには、ふかふかのソファに十人掛けのダイニングテーブル。そして冬に大活躍する暖炉まである。

部屋に入ってきた私たちを見て、両親はソファから立ち上がった。

「久しぶりだな、俊也君。キミが芽衣の結婚相手だと昴から聞いた時はうれしかったよ」

にこやかに手を上げるお父さんに、門脇部長も営業スマイルを見せた。

「本日はお忙しい中、お時間を割いてくださり、ありがとうございました」

門脇部長は緊張しているなんて言っていたけれど、本当に?と言いたくなるほど通常運転。お父さんと笑顔で挨拶を交わしている。

お兄ちゃんとだけではなく、両親とも顔見知りだったようだ。でもそれもそうか。何度も家に訪ねてきたことがあるようだし。

なんて冷静に分析をしながらやり取りを見守っていると、ふたりの視線が門脇部長から私に向けられ、一気に緊張が走った。

「芽衣も久しぶりだな」

「……お久しぶりですね、芽衣さん」

朗らかな表情のお父さんとは違い、お母さんが私を見る目は冷たい。

「ご無沙汰してしまい、すみませんでした」

そして私とお母さんは、親子なのにお互い敬語で話している。……出会った時から十三年間、ずっと。

「今、お茶の準備をしますね」

キッチンへ向かうお母さんの後を、慌てて追いかけた。

「あっ……手伝います」

その声に足を止め、変わらぬ冷たい目を私に向けた。

「いいえ、結構です。久しぶりにいらしたんですから、芽衣さんは主人や昴の相手をしてください。それに俊也君もあなたが隣にいなかったら、心細いでしょう?」

「……すみません」

謝るとお母さんは「わかったら戻りなさい」と言い、キッチンへ足早に入っていった。

踵《きびす》を返すと、先にソファに座っていた門脇部長が私を手招きした。

「おいで」

優しい声色に胸がトクンと跳ねる。

以前と変わらないお母さんの態度に、気持ちが沈んでいたからだろうか。ちょっと子供扱いされている感が否めないのに、それがうれしいと思うなんて私ってばどうかしている。

だけど言われるがまま向かい、お父さんとお兄ちゃんに向かい合う形でソファに彼と並んで腰を下ろした。

そしてチラッと隣を見れば、愛しそうに私を見る門脇部長と目が合い、また胸が高鳴る。

どうして私、こんなにときめいちゃっているんだろう。

お父さん、お兄ちゃんとなにやら仕事の話をし始めた門脇部長。三人の話を聞きながら必死に胸の高鳴りを抑えていると、急に彼がささやいた。

「大丈夫、俺がいるから」

「――え」

どういう意味?

すぐに彼を見ると、なにもかもわかっているというように小さくうなずいた。

もしかして門脇部長、私の家庭の事情を知っている……?

でもそう、よね。お兄ちゃんと中学の頃から仲がいいってことは、きっとお兄ちゃんから聞いているはず。

それでも真意を探るように見つめれば、彼はやっぱり私の気持ちを見透かしたように微笑む。

門脇部長は私の家の事情をすべて知って、結婚しようと言ってくれたのかな。そして私を気遣い、『俺がいるから』と言ってくれたの？

そう思うと、胸がぎゅうぎゅう締めつけられていく。

目の前にお父さんとお兄ちゃんがいることも忘れ、門脇部長から視線を逸らせずにいると、不機嫌な声が聞こえてきた。

「おい、なにふたりだけの世界に浸っているんだ？　芽衣、久しぶりに会ったんだ。そんなやつを見ないで俺にかわいい顔を見せてくれ」

相変わらずなシスコン発言に我に返り、慌てて視線を前に向けた。

「べつにふたりだけの世界に浸っていたわけでは……」

なにやってるのよ、私。お父さんとお兄ちゃんがいる前で。キッチンにはお母さんもいるのに。

居たたまれなくなり無駄に髪に触れていると、お兄ちゃんは片眉を上げた。

「芽衣、本当に俊也でいいのか？　お前に見合う男なら、俺がどんな手段を使ってでも見つけ出してやるぞ？」

「おい、昴。それはいったいどういう意味だ？」

「そのままの意味だ。芽衣と結婚できるのは、俺が認めた男と……と昔から決めていたからな」

得意げに言うお兄ちゃんに門脇部長はムッとし、お父さんは苦笑いしている。一触即発の空気が流れる中、お母さんが人数分の紅茶と焼き菓子をトレーにのせてキッチンから戻ってきた。

「昴、往生際が悪いわよ。芽衣さんが選んだお相手だもの、なにも問題ないでしょう？　それに俊也君はあなたのお友達じゃない」

そう言いながらカップをテーブルに並べるお母さんに、お兄ちゃんは口を結んだ。

全員分を並べ終えるとお父さんの隣に腰掛け、真っ直ぐに門脇部長を見つめた。

「俊也君、芽衣さんのことを幸せにしていただけるのでしょう？」

お母さんの問いかけに横を見ると、門脇部長はいつになく真剣な面持ちで力強く答えた。

「もちろんです。……生涯、大切にいたします」

あまりに門脇部長が迷いなく言うものだから、本心ではないかと勘違いしてしまいそう。本当は違う。……私たちはただ、お互いの条件を満たすためだけに結婚する、契約上の関係なのに。

これから関係を築いていこうって言われたけれど、それも彼の本心かどうか定かではないもの。

それなのになぜ私は彼の言葉に、ドキドキさせられているのだろうか？

自問自答を繰り返しても、なかなか正しい答えにたどり着けない。

膝の上においた手をギュッと握りしめた時、お母さんは深く息を吐いた。

「それを聞き、安心しました。……俊也君なら、我が久我家にふさわしいお相手ですし、私は反対いたしません」

「そうだな。人柄はもちろん、家柄も申し分ない」

お母さんに続いて、お父さんもご満悦に言うものだから引っかかる。家柄も申し分ないってどういうこと？

疑問が膨れる中、お兄ちゃんがとげとげしく言った。

「芽衣と結婚するならいい加減、身分を偽って働くのはやめたらどうだ？」

身分を偽るって……なに？

私を置いてけぼりにして、みんなは話を進めていく。

「父さんは立派なことだと思うぞ？　昴のように後継者と周知されることなく、俊也君は自分の実力で昇進して力を発揮しているのだから」

「そうですね。この際、芽衣さんと結婚されたら昴ではなく、俊也君に継いでもらったらどうですか？」

「アハハ！　それはいい考えかもしれないな」

お母さんの話を聞いて笑うお父さんに、お兄ちゃんは「冗談じゃない！」と声を荒らげた。

今のような仲睦まじい家族のやり取りに、私は昔から入れずにいた。いつもだったら疎外感を覚えながら作り笑いを浮かべていたけれど、今日はそれどころではない。

いったいどういうことなの？　家柄の件も、門脇部長が身分を偽っているということも。

混乱する私に気づいたのか、盛り上がる三人に聞こえないように彼はそっと耳打ちした。

「あとで説明するから、今は話を合わせて」

すぐに横を見るものの、門脇部長は三人を笑顔で眺めていた。

ますますワケがわからなくなる中、お父さんは表情を引き締めた。

「家族一同、芽衣の今後をとても心配していたんだ。それこそ家族総出で芽衣の結婚相手を探そうかと思っていたくらいにね。だけどこうしてやっと自分から紹介してくれた相手が、俊也君で本当に安心したよ」

お父さんの話を聞き、ズキッと胸が痛む。

半年前から私が婚活を始めたのには、もちろん理由があった。それは、心配して私に会いにきてくれたお父さんから、『そろそろいい相手はいないのか?』と聞かれたからだ。

そして、『もし相手がいないのなら、見合いでもしてみないか?』とも持ちかけられた。

お父さんが勧める人だもの、きっと大手企業の御曹司に決まっている。

それだけは絶対に嫌だった私は、付き合っている人がいると嘘をついた。おまけに、その相手は結婚を真剣に考えている人だとも。

お父さんは『すぐにその相手に会わせなさい』と言ったけれど、この半年、私はどうにか理由をつけて紹介を先延ばしにしてきた。

そしてその間、自分でも驚くほど必死に婚活してきた。

そこまで必死になれたのは、とにかく久我と同じような家に嫁ぎたくないという思いが強かったから。久我の家とは関係のない普通の家庭で、ありふれた幸せな毎日を送りたかったからだ。

昔の苦い出来事を思い出して、ますます胸が痛む。

そのためにも門脇部長は最適だと思った。……だけどさっきの両親たちとのやり取りが引っかかる。

『家柄も申し分ない』

『身分を偽って働くのはやめたらどうだ?』

『昴のように後継者と周知されることなく、俊也君は自分の実力で昇進して力を発揮しているのだから』

――門脇部長は、いったい何者なの? 私に結婚を申し込んだ本当の意図はなに? ただ、両親に早く結婚しろと急かされていただけ?

この一年間、同じ職場で仕事をしてきた。門脇部長のことなら多少なりとも知っているつもりだったけれど……私が知る彼は本当の彼じゃないのだろうか。

できるなら今すぐにでも事の真相を聞きたいところだけど、さっき『あとで説明するから、今は話を合わせて』と言われてしまった手前、今はおとなしくしているしかない。

門脇部長に向けられたお父さんの言葉に耳を傾けた。

「結婚しても、まだ母方の姓を名乗り仕事を続けるのかい？」

「はい、しばらくはそのつもりです。……父もしっかり下積みをするようにと言っていますし」

母方の姓ってことは、もしかして門脇は本名じゃない？　きっとそうだよね。

気になってチラチラと彼を見てしまう。

「そうか。本当に昴に俊也君の爪の垢を煎じて飲ませたいな」

感心するお父さんに、またお兄ちゃんは不機嫌な声をあげた。

「父さん？　俺だって俊也に負けないくらい成績を上げているだろ？　むしろこいつに俺の爪の垢を煎じて飲ませるべきだ」

自信たっぷりに言うお兄ちゃんにあきれながら、お父さんは改めて言った。

「芽衣の相手として、キミ以上の適任者はいないよ。……どうか芽衣をよろしくお願いします」

頭を下げるお父さんに続いて、お母さんも門脇部長に頭を下げた。

門脇部長以上の適任者はいないということは、彼は私がずっと避けてきた結婚相手ということ？

予想外の展開にいまだに頭の中は混乱している。その時、顔を上げたお母さんに真剣な瞳を向けられ、心臓が跳ねた。

「芽衣さん、ドラッグストア・アオノの次期後継者のかたに嫁ぐからには、しっかりと俊也君を支えてください」

「――え」

お母さん……今、なんて言った？　ドラッグストア・アオノの次期後継者って本当なの？

さっきから、門脇部長について気になることばかりみんな話していて、もしかしたら彼もどこかの会社の御曹司なのかもしれない……と思っていた。だけどまさか、うちの会社の後継者だなんて嘘でしょ？

やっと理想の結婚相手と巡り合えたと思っていたのに……。

でも、どうして門脇部長は周囲に身分を偽っているの？　社長の息子なら、名字は青野《あおの》のはず。母方の姓を名乗ってまでどうして……？

耳を疑う話にすぐさま彼を見ると、「話を合わせて」というように、目で合図を送ってきた。

そうだ、今は話を合わせるしかない。それにお母さんも珍しく機嫌がいい。あれほど過保護だったお兄ちゃんも、相手が門脇部長だと違うみたいだし。

本当に結婚相手として申し分ない。……彼が御曹司でなければ。

「いいや、母さん。芽衣が俊也を支えるんじゃない。俊也が芽衣を支えるべきだ」

「つまり母さんも昴も、お互い支え合っていってくれと言いたいんだろう？」

お母さんとお兄ちゃんの話をまとめたお父さんは、終始ご機嫌。

「ありがとうございます。……ご忠告いただいた通り、彼女と支え合って家庭を築いていきたいと思います」

門脇部長が、あまりに優しい瞳で私を見るものだから恥ずかしくなる。彼の本心かどうかわからないというのに……。

「よろしく頼むよ」

声高らかに言うと、お父さんは「お祝いしよう」と言いだした。

その後、事前に予約をしていたようで、都内のホテルの有名イタリアンシェフを自宅に招き、ダイニングでおいしいコース料理をいただいた。

だけど私は、和やかに家族と会話を楽しむ門脇部長の正体が気になって仕方がなかった。

「結納や今後のことについて、近いうちに会って話そう」と言うお父さんたちに見送られ、私と門脇部長が実家を後にしたのは十七時を回った頃だった。

車がひとつ目の角を曲がり、実家が見えなくなったのを確認し、私はすぐさま運転する彼を責め立てた。

「門脇部長、どういうことですか？　わかるように一から説明してください！」

「まあまあ、芽衣ちゃん。落ち着いて」

なだめられても、落ち着いてなどいられない。

お兄ちゃんと門脇部長が中学時代からの友人というだけでも驚いたのに、彼にはほかにもたくさんのヒミツがあるようだ。けれど今、なにより一番聞きたいのは……。

「門脇部長がうちの会社の後継者って、どういうことですか？　……門脇部長は、門脇部長じゃないんですか？」

カッコよくて仕事がデキて、誰にでも気さくに声をかけてくれる人。ハイスペックな彼だけど、誰にも本気にならない人で独身貴族で……。私が知る門脇部長が、本当の姿ではなかったの？

真実を知りたくて、運転中の彼の横顔をジッと見つめる。

「俺がうちの会社の跡取り息子だって言ったら、芽衣ちゃんはプロポーズを受けてくれなかっただろ？」

「……え？」

意味深なことを言うと、門脇部長はハザードランプを点けて路肩に車を停車させた。そして真っ直ぐに私を見つめる。

「ずるいと言われようと、俺は芽衣ちゃんと結婚したかったんだ」

真剣な面持ちで放たれた言葉に、胸が熱くなる。

だけどすぐにドキドキしている場合じゃない！と自分を奮い立たせた。

「じゃあ本当なんですか？　……門脇は母方の姓で、アオノの後継者だという話は」

恐る恐る問うと、彼はうなずいた。

本当……なんだ。門脇部長がうちの会社の次期社長だったなんて……。

「芽衣ちゃんが『久我フーズ』の社長令嬢だってことも、家庭の事情も、早急に結婚したがっていたことも、その相手が誰でもいいと思っていたことも全部知っていた。だから俺はキミに本当のことを言えずにいたんだ」

「……嘘」

お兄ちゃんと友達なんだもの、家の事情を知っているのはわかるけど、私が結婚を急ぐ理由まで、どうして知っているの？

言葉を続けられずにいると、門脇部長は困ったように眉尻を下げた。

「昴から芽衣ちゃんが久我の家に来た経緯を聞いた。……それと最近になって、結婚を焦っているようだという話も」

「お兄ちゃんから、ですか？」

お父さんにはうまくごまかせたし、お兄ちゃんもお父さんの話を信じていると思っていた。それに一度もお兄ちゃんから、結婚に関して言われたことはなかったから。

ただ、俺が認めた相手としか結婚させないとは、昔から耳にタコができるほど言われてきたけど。

驚きを隠せずにいると、門脇部長は話してくれた。

「昴は芽衣ちゃんのことなら、なんでもお見通しのようだ。自分でも『芽衣のことで知らないことなど、なにもない』なんて断言し、いかなる時も見守っていると言っていたぞ？」

も、もしかしてお兄ちゃん……私が気づかなかっただけで、常に私の動向を把握していたのだろうか。なんかそんな気がしてきた。

少し変だとは思ったんだよね。心配性でもあるお兄ちゃんが、あっさりひとり暮らしを了承してくれたから。

それは、ひとりで暮らす私を初めから見守るつもりでいたのだと思うと納得できる。

しかし私が結婚を急いでいるとか、どうしてそういうことまで知っているの？ ……もしかして探偵を雇ったとか？ お兄ちゃんならやりかねない。

お兄ちゃんと友達の門脇部長なら真相を知っていそうだけど、あえて聞かないでおこう。

これで門脇部長がどうして私のことを知っていたのか、納得がいった。だけどひとつだけ理解できないことがある。

「あの、お兄ちゃんは私が婚活をしていたことを知っていたんですよね？ それなのに、この短期間で私が門脇部長と結婚するに至ったことについて、変に思わないのはなぜでしょうか……？」

少なくとも今日見た限りでは、文句は言っていたけれど、私たちの結婚に反対している様子は見られなかった。

疑問に思ったことを口にすると、彼はますます眉尻を下げた。

「それは俺と昴の仲だから……と言っておこうか。とにかくあいつは、口ではいろいろ言っていたけど、俺になら芽衣ちゃんを任せられると思ってくれているよ」

「そ、そうですか……」

彼の話を聞き、なぜか恥ずかしくなって顔を伏せた。

でもこれですべて理解した。……だからこそ、彼に伝えないと。

奥歯をギュッと噛みしめて再び顔を上げた。

「私……やっぱり門脇部長とは結婚できません」

彼が御曹司なら、結婚などできない。私はもう久我の家に縛られたくないから。

自分の思いをはっきり伝えると、彼はいつになく厳しい表情を見せた。

「それはどうして？　俺が御曹司だから？」

「……はい」

目を見て正直に答えると、門脇部長は深いため息を漏らした。

「悪いけど今さら契約解除は許さない。このまま芽衣ちゃんには、俺と結婚してもらうよ」

「なっ……！　困ります、私は結婚できません！」

あまりに一方的な話に声を荒らげてしまう。

だけど彼はそれ以上なにも言うことなく、再び車を発進させた。

「一度、ゆっくりできる場所で落ち着いて話そうか。それに今日は自分たちから挨拶に伺ったわけだし、ご両親にも安心してもらえたようだった。それなのに今さら結婚をなかったことにできるのか？　俺のことはいいとして、芽衣ちゃんはそれで大丈夫？」

「それはっ……！」

脳裏に浮かぶのは、家族の姿。みんな私と門脇部長の結婚に好意的だった。それなのに今さら結婚しないとは、なかなか言いづらい。

ちょうど信号は赤に変わった。すると彼は私の心情を察したのか、優しい声で提案した。

「とりあえず、なにか食べにいこう。話はその時にでも」

「……わかりました」

とにかく今は、もっと彼と話をするべきなのかもしれない。そう思い返事をすると、門脇部長は車を走らせた。

「芽衣ちゃん、見てごらん。綺麗な夜景だ」

「……そうですね」

目をキラキラさせて、眼下に広がる都内の夜景を見るよう勧めてくる彼に顔が引きつる。

この前、ふたりで食事に行った居酒屋とは打って変わり、彼が私を連れて向かった先は高級フレンチレストラン。

「静かなところで、落ち着いて話をしたかったから」と言う彼と共に、予約もナシに奥の個室に通された。そして支配人や料理長が挨拶に来たのを見て、本当に彼はうちの会社の御曹司なのだと実感させられた。

運ばれてきたのは、どれもおいしそうな料理ばかり。だけど門脇部長は肝心の話をする気配がなく、こっちから話を振っても「食べ終わってからね」とはぐらかされた。

食事中に話を聞くのは諦めて料理を堪能し、食後のデザートとコーヒーをいただきながら、目の前に広がる夜景に目を向けた。

なんか不思議な感じがする。あの門脇部長と実家に結婚の挨拶に行って、彼が御曹司だと知り、こうしてふたりで食事に来ているなんて……。

怒涛の一日を振り返っていると、門脇部長が口を開いた。

「さて、芽衣ちゃん。さっそくお互いのことを知ることから始めようか」

「お互いのことを知る、ですか？」

突然の提案にオウム返しすると、彼は大きくうなずいた。

「一年以上共に仕事をしてきたけど、まだまだ知らないことがあるだろ？　たとえばほら、俺がうちの会社の社長のひとり息子だってこととか」

「……そうですね」

言葉にトゲを生やして言うと、彼はクスリと笑った。

「だからまずはお互いのことを話そうか。……そうだな、生い立ちから」

生い立ちからって……そんなところから？

「昴から芽衣ちゃんが家族になった経緯は聞いているが、詳しくは知らない。夫になる以上、俺には知る権利があるだろ？」

素直に顔に出ていたようで、言葉にしなくても私が言いたいことが伝わったようだ。

「私はお断りしましたよね？」

一度は結婚することを承諾したけれど、正体を知ったからには結婚などできない。悪いけど、門脇部長は私の理想の結婚相手ではないから。

だけど、彼はめげずに笑顔のまま続ける。

「それはお互いのことを、もっとよく知った上で決めてもいいんじゃないか？　何事も決断は急ぐものじゃない」

まるで仕事中のような口調で言うと、早く話してというように私に手のひらを向けた。

門脇部長はどこまで知っているのかわからないけど、これは私が生い立ちから話さないことには、納得してくれなそう。

あきらめにも似たため息をひとつこぼし、私は自分のことを玲子以外の人に初めて打ち明けることにした。

「お兄ちゃんから、私が久我の家に来た経緯をどこまでお聞きになりましたか？」

「妹ができたんだってうれしそうに話してくれたよ。だが、理由は教えてもらえず、引き取ったとしか聞かされていない」

「そうだったんですね……」

お兄ちゃん、さすがにどうして私が久我の家に来たのかまでは、話していなかったんだ。

　手にしていたコーヒーカップをテーブルに置き、夜景を眺めながら彼に言われた通り、生い立ちから話していった。

「私は、物心ついた頃からずっと父親の存在を知りませんでした。……いないと思っていたんです」

「……どういうことだ？」

　怪訝そうにうかがう彼に、苦笑いする。

「私、愛人の子なんです。お母さんは実の母ではありません。……私を産んだ母は昔、お父さんの会社で秘書として働いていたそうです。そこでお父さんを好きになり、一度だけ関係を持った時に私を授かったらしくて。母はお父さんから逃げるように会社を辞めて、誰にも告げずに私を出産しました」

「そう、だったのか……」

　言葉を失う姿に、胸が痛む。でも当然だよね、こんな話を聞かされたって普通は困るでしょ？　でも聞いてきたあなたが悪い。

「母は女手ひとつで、懸命に働きながら私を育ててくれました。寂しい時もありましたが、貧しいながらもふたりでの生活は幸せでした。……でも無理がたたったんでしょうね。体調を崩して、入退院を繰り返すようになり、私が中学生になったばかりの頃、亡くなりました」

お母さんはずっと、私が中学に上がってセーラー服を着るのを楽しみにしていた。入学式にはがんばってうれしそうにきてくれたよね。

校門前で撮った写真が、ふたりで撮った最後の写真になってしまった。

「入院中に母は自分の死期を悟っていたのかもしれません。自分の生い立ちをすべて話してくれました。父親はどんな人で、どうやって私を授かり、私を出産するまでに至ったのかを。言葉を選びながら必死に教えてくれました」

当時、中学生だった私には衝撃的な話で頭が追いつかなかった。でもひとつだけわかったことがある。

それは、お母さんはお父さんのことを、とても愛していたということだ。

「母には身内と呼べる人がいませんでした。私を妊娠した時にも頼れる人がいなかったようです。母が亡くなってから私は半年間、児童養護施設で暮らしていました。だけどある日、お父さんが会いにきたんです」

お母さんからお父さんの存在を聞かされても、私は今後もずっと会うつもりはなかった。

お母さんが妊娠したことをお父さんは知らなかったようだし。お母さんの気持ちを大切にして、ひとりでも逞しく生きていくつもりだった。

「子供って無力ですよね。……どんなに拒否しても肉親と暮らすべきだって周囲に言われ、私は久我の家で暮らすことになったんです」

でも今思えば、あたり前の話だったと思う。施設には、両親がいない子、いても事情があり、一緒に暮らせない子ばかりだったから。

みんなから見たら、私は幸せ者だったのかもしれない。お父さんは会社の社長で経済的にも余裕があり、優しい人だったから。

「芽衣ちゃんは昴たちと、一緒に暮らしたくなかったのか？」

ずっと口を挟むことなく聞いてくれていた門脇部長の質問に、一瞬戸惑う。だけど迷いながらも素直に答えた。

「……はい。だけどお父さんは根気強く施設に通い、私に会いにきてくれました。そのたびに聞かされていたんです。突然いなくなった母が心配で、ずっと行方を捜していたと。そして正直に話してくれました。母とは一夜限りの関係で、優秀な部下という感情以上の気持ちを持ち合わせてはいなかったと。……それは今も変わらないと」

最初はお母さんを失ったばかりの私に、なに言っているんだろうって思った。だって私にとってお母さんは、たったひとりの家族だったから。

でも包み隠さずに話してくれたことで、お父さんを信用するようになったのかもしれない。

「母が亡くなった時に初めて私の存在を知ったそうです。私がどう思おうが、父親としての役目を果たさせてほしい。これからの時間は家族として、共に過ごしていきたい。ずっと娘が欲しかったんだと、何度も言われました」

最終的には根負けし、私は施設を出てお父さんの家で暮らすことにした。突然現れた〝父〟を拒否し、戸惑う反面、うれしくもあったんだと思う。

幼い頃からずっと、父親という存在に憧れていたから。

「それで久我の家で暮らすことになったんですけど、すぐに施設を出たことを後悔しました。ご存じの通り、お兄ちゃんは私を歓迎してくれましたが、お母さんは違ったから」

初対面の時から私を見る目はとても冷ややかで、歓迎されていないことがすぐにわかった。

他人行儀に『芽衣さん』と呼ばれ、呼び方からも『あなたはこの家にふさわしくない』と言われているようだった。

「でも当然ですよね。むしろお母さんは寛大です。私を受け入れてくれたんですから。それだけで十分と自分に言い聞かせて、久我の家で生きていこうと決めました。……でも、久我の家で暮らすということを、私は甘く見ていました」

昔の出来事を思い出すと、今でもまだ悲しく惨めな気持ちになり、泣きたくなる。

「知人に紹介したいから……とお父さんに押し切られ、一度だけ会社の創設記念パーティーに行ったことがあるんです。お父さんの前ではみんな好意的でしたが、お父さんが離れると人が変わったような冷たい目を向けられました。……愛人の子だとか、もっとひどい言葉も浴びせられました」

『親が親なら、子も子だろう。のこのこと久我の家に入って図々しい』『世間体というものが、わからないんだろう』『奥様も心が広いおかただ。よく愛人の子を引き取った』

コソコソと、だけどしっかり私に聞こえるボリュームで話す内容に、たまらず私はパーティー会場から逃げ出した。

最初から覚悟してきた。お母さんに歓迎されていないこともわかっていた。

だけど自分で思っているのと、実際に他人が話しているのを聞くのでは違う。あぁ、想像していた通り私はそういうふうに思われているんだ。お母さんも同じことを思っているはず……と、ひどく傷ついた。

「やっぱり私は、久我の家に来るべきではなかったんだと痛感させられました。私が来ることで、お父さんやお兄ちゃん、なによりお母さんにつらい思いをさせていたんだと」

「芽衣ちゃん……」

私の名前をポツリとつぶやいた門脇部長が、あまりに悲しげに瞳を揺らすものだから、私は笑顔でその場を取り繕った。

「だから私は今日まで旧姓のままなんです。私には久我の姓を名乗る資格がないから。……でも子供の私にはひとりで生活する力はなく、高校卒業までお世話になり、大学進学を機にひとり暮らしを始めました。自立したくてバイトで生活費を稼ぎ、お父さんには返さなくてもいいと言われましたが、学費を今も少しずつ返済しています」

ひとりでの暮らしは想像以上に大変だったけれど、久我の家で暮らしている日々に比べたら、なんてことなかった。毎月ギリギリの生活で苦しくても、自分らしく生きていられる気がしたから。

「俺は昴から聞く芽衣ちゃんしか知らなかったから、正直驚きを隠せない」

素直な感想を聞かせてくれた門脇部長に、「そうですよね、びっくりさせちゃいましたよね」と伝えた。

「お兄ちゃんは、とてもよくしてくれました。家を出てからも、なにかと気にかけてくれて、よく食事に誘ってくれていましたから。……それはお父さんも同じです」

だけど、お母さんだけは違った。家を出てから一度も連絡をくれることはなかった。

お正月やなにかあった時に実家に帰った際、顔を合わせて挨拶を交わすだけ。

「お父さんもお兄ちゃんも必要以上に過保護で……。それはうれしく思う反面、お母さんはおもしろくないと思っている気がするんです」

お母さんの気持ちを考えると、複雑な思いが込み上げる。

愛する人が別の女性と関係を持ち、子供まで生んでいたんだもの。普通は私のことを引き取ることさえ、できないはず。もっと非難されても仕方ないくらいだ。

「もしかして芽衣ちゃんが、俺のような御曹司ではなく、実家とは無縁の相手との結婚にこだわる理由は、キミのお母さんにあるのか……？」

疑問に思いながら尋ねられた質問に、ゆっくりとうなずいた。

「お兄ちゃんが、私が結婚するまで自分も結婚しないなんて言いだしたんです。おかげでお父さんも慌てて私に、いい縁談があるんだと勧めてくるようになりました。もちろん年頃なのに、恋人のひとりもいない私を心配してだと思います。でもみんな久我の家に負けず劣らずの名家ばかりで。しかも、久我の家と縁が深い家の息子ばかりでした」

「……そうか」

「もし、勧められた相手と結婚したら、結婚後も私は久我の家となにかと付き合いが続いていきますよね？　それをきっとお母さんは望んでいないと思うんです。だから私は、久我家とはまったく関わりのない人と結婚がしたいんです。……それにこの世界にいると、いつまでも愛人の子っていうレッテルを貼られたままな気がして」

ひと呼吸置き、門脇部長に自分の意思をハッキリと伝えた。

「ですのでうちの会社の次期社長である門脇部長とは、結婚できません。私はもう、自分の生い立ちに負い目を感じて生きていきたくないんです」

結婚を急いではいたけれど、きっかけはどうであれ、共に生活をしていれば愛が芽生えると思う。

平凡で何気ない毎日を幸せに感じられるような、そんな結婚生活を誰かと送れるはず。そう信じて婚活してきた。

でも門脇部長とでは、そんな日々はきっとこない。彼と結婚したら、私はまた周囲からなんて言われるか……！

想像しただけで怖くて不安になり、うつむき、膝の上で手をギュッと握りしめた。

「わかったよ」

「えっ？」

顔を上げると、門脇部長は私を見て少しだけ頬を緩めた。

「芽衣ちゃんが俺と結婚したくない理由が。……だから今度は、芽衣ちゃんが俺の話を聞いてくれる？　キミだって知りたいだろ？　俺のことを」

「……はい、知りたいです」

どうして母方の姓を名乗って仕事をしているのか。……そしてなぜ、こうも私との結婚にこだわるのかを。

その理由はなんとなくわかってはいるけれど、門脇部長の口からちゃんと聞きたい。

身を乗り出した私に、彼は自分のことを話し始めた。

「青野の家に生まれて、子供の頃から俺は大人になったら父さんの会社を継ぐんだと、自分の立場を理解していた。……べつに嫌とか、違う未来がいいとか思ったことはなかったんだ。父さんのことは子供の頃から尊敬していたから」

初めて聞く門脇部長の話に、相槌《あいづち》を打つのも忘れ、耳を傾ける。

「だけど大学生の頃、両親といろいろあって……。正直、親子の縁も切りたいと思ったくらい。それからずっと両親とは一緒に暮らしていないんだ。だから芽衣ちゃんの事情も知らなかった」

「……そう、だったんですか」

思わず口を挟むと、彼は気まずそうにうなずく。

「大学時代の大半は、母方の祖母の家で暮らしていた。実家を出て以来、両親と口をきくこともなくなって。そうするうちに、このまま父さんの会社を継いでいいのかわからなくなってさ。かと言って、就活時期になっても、ほかにやりたいこともなかった俺は両親から、『会社を継いでほしい。でも無理強いはしたくない』と言われてね。それでじっくり話し合った結果、ほかにやりたいことが見つかったら、問題なく辞められるように。なにより社長の息子という先入観を持たれず、自由に仕事ができるよう母方の姓を名乗って、父さんの会社に入ることになったんだ」

大学生になるまで門脇部長は、ご両親と良好な関係を築いていたんだよね？　お父さんのことを尊敬していたと言っていたし。

それなのに会社を継ぐことさえ迷うほど、ご両親との間にいったいなにがあったのだろうか。

「あの……ご両親といろいろあったと言っていましたが、なにがあったんですか？」

気になって聞くと、門脇部長は今にも泣きそうな顔を見せた。

「それは……」

言いかけたところで、言葉を詰まらせると頭を抱えた。

「この話、今度でもいい？　今はうまく説明できそうにないから。……ごめん、芽衣ちゃんは俺にすべて話してくれたのに。……でも今はわだかまりも解けて、両親とは昔のようにいい関係が築けているから。心配しないで」

「そう、ですか……」

本当はご両親との間になにがあったのか、すごく気になるけど……。あきらかに無理して笑っている門脇部長を目の前にして、これ以上は聞けそうにない。それに今度話してくれるって言っているし。

だけどもうひとつ気になったことがあり、思い切って尋ねた。

「今もまだ、会社を継ぐべきか迷っているんですか？」

継ぐべきかわからない、ほかにやりたいことがなかったと言っていたよね？　でも私の知る彼は、生き生きと働いていて、仕事に誇りをもっているように見える。しかし、今もほかにやりたいことを探し、迷いのある中で仕事をしているのだろうか。

私の質問に、門脇部長は首を左右に振った。

「いや、今は迷っていないよ。……やっぱり俺、父さんの跡を継ぎたい。だけどまだ俺は半人前だから、今のままもう少し勉強したいんだ。社長の息子としてではなく、自分の実力を認めてもらってから、大勢の人生を預かる責任のある社長職に就きたいと思っている」

それを聞いてホッとした。私が知る門脇部長が偽りの彼でなくてよかったと。

なにより楽しそうに仕事をする姿も、丁寧に、そして時には厳しく指導してくれた情熱も、全部が嘘だったと思いたくなかったから。

「三十歳を過ぎても、いつまでもひとりでいる俺が心配になったんだろう。よく見合いの話を持ちかけてくるようになった」

その話を聞き、もしかしたら……と確信を持てずにいた考えが、たしかなものとなった。

「門脇部長が私との結婚を望むのは、私が久我家の娘だからですよね？」

愛人の子だろうと、お父さんの子供に変わりないもの。きっと彼もご両親に勧められていたのは、どこかの社長令嬢だろう。

目を丸くする門脇部長をよそに、話を続けた。

「見ず知らずの相手と結婚するより、一年以上一緒に仕事をしてきた私のほうが気心も知れていますし、なにより相手が私だったら、ご両親も納得するからですよね？」

途端に彼は困り顔を見せた。

「まいったな……正解」

そしてあっさり認めると前かがみになり、私との距離を縮めてきた。

「とにかく両親に結婚を急かされているんだ。……俺の立場を知るキミなら理解してくれるだろ？」

「そ、それはそうですが っ……！」

『俺が認めた相手のもとへ芽衣が嫁ぐまでは、絶対に結婚しない』と言っていたお兄ちゃんも、やはり三十歳を超えた頃からさんざん結婚を急かされている。

それは門脇部長も同じだと理解できる。しかし、だからと言ってそうやすやすと同意などできない。

「私、久我家とは関わりのない相手と結婚ができるなら、誰だっていいと思っていました。でも、穏やかで幸せな毎日を望んでもいるんです。……門脇部長と結婚したら、そんな毎日は決して訪れませんよね？」

チクリと嫌みを言ってしまった。

でもはっきり言わないと、わかってくれないでしょ？　私はもう二度とあんな惨めで悲しい思いはしたくない。

引き下がりません！と意思表示するように、目を逸らすことなく見つめる。すると門脇部長は立ち上がり、私の隣の席に腰を下ろすと、真剣な瞳を向けた。

「俺と結婚してくれたら、芽衣ちゃんのことを全力で守るよ。……世界で一番幸せにする」

「……えっ」

ドキッとするようなことを言うと、私の瞳を捉えたまま続ける。

「俺たちがいる世界は、時に醜い争いに巻き込まれることもあると思う。芽衣ちゃんが心配することも、もしかしたらどこかで誰かに言われるかもしれない。だけどその時は俺が守るから。俺と結婚したことで、嫌な思いは絶対させない」

「門脇部長……」

迷いなく放たれた言葉に、胸がギューギューに締めつけられて苦しい。

やだ、ドキドキしている場合じゃないでしょ？　なにか言い返さないと。

頭ではそう思っているのに、なかなかうまい言葉が見つからない。……それに彼の瞳は、嘘を言っているようには見えないから。

門脇部長は、本当に私のことを守ってくれるのだろうか。嫌な思いなどすることなく、過ごすことができるの？

一瞬、心が揺れたものの、すぐに自分に言い聞かせる。このまま流されるわけにはいかないと。

「門脇部長は、本当に私と結婚してもいいんですか？　……私のこと、好きになれますか？」

目を引くほど美人ってわけではないし、スタイルがいいわけでもない。褒められるほど性格がいいわけでもないし……。本当に自分でも悲しくなるほど、どこにでもいるような普通の人間だと思う。

私のことを好きみたいなことを言っていたけれど、ただ、結婚の条件にピッタリというだけで結婚してもいいの？

「そりゃ早く結婚したいと、切羽詰まってはいましたけど……。私は始まりがどんな形でも、結婚したからには相手のことを好きになりたいですし、私のことも好きになってほしいんです」

気恥ずかしくなりながらもしっかりと自分の思いを伝えると、それに応えるように彼の大きな手が私の手を包み込んだ。

「この前も言ったが、結婚するからには絶対浮気はしない。それに芽衣ちゃんのことは以前から好きだったし、これから先、もっと好きになれると思うから」

優しい声色にまた胸がトクンと音を立てた。

もう。どうして門脇部長は聞いていることっちが恥ずかしくなることを、こうも平然と言えるのだろうか。聞いたのは私だけどさ。……あまりに迷いなく言われちゃうと、信じてみたくなっちゃうじゃない。

どう反応したらいいのかわからなくて、目は泳ぐばかり。すると彼はなにかを思い出したように、クスリと笑った。

「芽衣ちゃんがうちの部署に異動になった頃、たまたま昴に連絡することがあって、その時に聞かれたんだ。会社での芽衣ちゃんの様子はどうだって。なにかあったら教えてほしいと言われて、最初は昴に報告するためだったけど、いつの間にか自然とキミを目で追うようになったよ」

ドキッとするようなことを言われ、おもむろに見ると、彼は目を細めた。

「慣れない業務に四苦八苦しながらも、その姿から本当に仕事が好きなんだと伝わってきた。俺もがんばらないといけないと思わされたよ。……だけどあまりに奮闘する姿に、心配にもなった。上司である俺に、もっと頼ってくれてもいいのにって」

「門脇部長……」

初めて聞く彼の本音に胸が震える。

知らなかった。門脇部長がそんなふうに思ってくれていたなんて……。

彼は『もっと頼ってくれてもいいのに』って言うけれど、私は門脇部長にこの一年でたくさんお世話になった。

いつも私のことを気にかけてくれていた。休暇前の多忙な織田先輩の手が空かなくて、なかなか聞けなかった時も『俺が教えるよ』と言い、嫌な顔ひとつせずに教えてくれたもの。

「何事にも一生懸命で、妊娠中の織田や周りの人間を気遣い、思いやることができる。……俺、芽衣ちゃんのことを知れば知るほど、好きになれる自信がある。現に今も芽衣ちゃんの話を聞いて、キミを守りたいと思うから」

そう言うと彼は、私の手を握る力を強めた。

「でもさ、芽衣ちゃんは俺に守られ続けるか、俺以外の相手と結婚して、立ち向かわずに、今のつらい立場から逃げ続ける人生でもいいのか？」

――そう、だよね。私が結婚をして久我の家から出たいのは、ただ逃げているだけ。

さっきだって門脇部長に『守る、嫌な思いは絶対させない』と言われ、本当に？と心が揺れてしまった。だけどそれは、間違っているんじゃないかな。

門脇部長と結婚して彼に守られる人生と、久我の家とは縁もゆかりもない相手と結婚して逃げる人生。

このどちらかの道に正解はあるのだろうか。どちらかに進んだら、私は本当の意味で幸せになれる？

少し考えてみるものの、どちらの道に進んだとしても、幸せに過ごせる気がしない。

門脇部長に守られるということは、いつまでも怯えて暮らすということじゃないのかな？　それに久我の家を出たって、他人には一生なれないよね。

答えにたどり着いた時、彼は力強い声で言った。

「俺は芽衣ちゃんに、逃げることなく立ち向かってほしい。キミはなにも悪いことをしていないんだから。言わせたいやつには言わせておけばいい。大切なのは芽衣ちゃんが自分の人生を、どう幸せに生きるかじゃないのか？」

彼の言うことは正しいと思う。でもそれは、私の立場に立っていないから言えることじゃないのだろうか。

当事者になってみないと、わからないことだってあるでしょ？　それに彼の言う、自分の人生を幸せに生きる方法って？　それってもしかして……。

「じゃあ門脇部長は、自分と結婚したら私が幸せになれると思っているんですか……？」

　たまらず聞いてしまった。だってそうでしょ？　彼はずっと私と結婚したいと言ってくれていた。それはつまり、私を幸せにする自信があるってことだよね？

　瞳を捉えると、門脇部長は優しく微笑んだ。

「俺は芽衣ちゃんに、自分の出生に負い目を感じることなく、いつかお母さんとも本当の家族になってほしい。そのためならいくらだって力になる。……逃げずに何事にも立ち向かってほしいんだ。そうすることで初めて幸せな人生を送ることができるんじゃないか？」

　なにも言い返せなかった。久我の家とは関わりのない相手と結婚をして、ありふれた毎日に幸せを感じられたら……と願っていたけれど、それは本当の幸せではないよね。

　門脇部長の言う通り、何事にも逃げずに立ち向かった先に幸せがあるんじゃないかな？　そう思えてならない。

「芽衣ちゃんのすべてを知った今だからこそ、心から幸せにしたいと思っているよ。そう思うのはキミのことが好きだからだ。……だからこそ俺も、正直に言うよ」

　すると彼は掴んでいた私の手を離し、どこか悲しげに瞳を揺らした。

「これから先、同じ時間を過ごせば過ごすほど、芽衣ちゃんのことを好きになる自信がある。……だけどごめん、俺には誰かを愛することができないんだ。……だからキミのことを好きになることはできても、愛することはできない」

「……えっ？」

どういうこと？　好きになることはできても、愛することはできないって。もしかして……。

「門脇部長は、誰かを愛する気持ちがわからない……ということでしょうか？」

だから『誰かを愛することができない』と言ったの？

その思いで聞くと、なぜか彼は一瞬戸惑った顔を見せたものの、すぐに肯定するようにうなずいた。

「よく女性から愛しているか？と聞かれるが、好き以上の気持ちがわからないんだ」

彼の話を聞き、ある考えが頭をよぎった。門脇部長は、これまで付き合ってきた女性たちのように、私もそんなことを聞くと思っているのかもしれないと。

ちょっと失礼じゃない？　誰もがみんな、恋人に『愛してますか？』と聞くと思わないでほしい。それに……。

「私は聞きませんよ？　門脇部長に私のことを愛していますか？なんて。それに私は、好き以上の感情はないと思っています。ただ、〝愛している〟という言葉があるだけで、〝好き〟と〝愛している〟の感情は変わらないのではないでしょうか？」

自分の考えを伝えると、彼は小さく「そう、かもな」とつぶやいた。

映画や小説の中のように、ドラマチックに『愛している』と言われるような……そんな恋愛を望んでなどいない。

「私は好きな人に、好きになってもらえるだけで十分ですよ？　そばにいられたら、それだけで幸せですから」

同じ気持ちになってくれる、それだけで十分幸せ。それ以上にうれしいことはないと思うから。

そこまで言ってハッとなる。私の恋愛の価値観なんて聞かれていないのに、ベラベラと話しすぎたかもしれないと。

「で、ですから愛してもらえなくても、とくに問題ないと言いますか……」

テンパって自分でもなにを言いたいのか、わからなくなる。すると門脇部長は、私に優しい笑顔を向けた。

「ありがとう、芽衣ちゃん。……やっぱり俺、芽衣ちゃんと結婚したい」

「……えっ？」

「俺も好きだからこそ、一緒にいられるだけで幸せなんだ。芽衣ちゃんとこの先の長い人生、ずっと一緒にいたい。……どうだろうか、俺と結婚してから恋人としての関係を始めてみないか？」

それは、婚活中にずっと私が思い描いていた理想の形――。

結婚して生活を共にしたら、相手のことを好きになれるはず。夫婦になってから関係を築いていく形があっても、いいと思っていた。

だけど門脇部長と結婚したら、嫌でも自分の運命から逃げることができなくなる。

彼と結婚することで、もしかしたらまた心ない言葉を浴びせられるかもしれない。でも私は誰かにうしろ指をさされるようなことは、なにひとつしていないよね。だったら逃げずに堂々と立ち向かうべきなのかも。

私はたしかに亡くなったお母さんに愛されていた。望まれずに生まれてきたわけじゃないはず。彼と結婚したら私は、少しでも強い自分になれそうな気がする。

門脇部長は、私のことを好きになれる自信があるという。私だって彼のことは尊敬しているし、知れば知るほど好きになれる気がするから。正直、お互いの気持ちが定まらないまま始める結婚生活があっても、いいのかもしれない……と思う。

なにより家族は門脇部長と結婚すると言ったら、とても喜んでくれた。あのお母さんだって、彼に頭を下げたくらいだもの。門脇部長以上の結婚相手はいないかも……。それに昔のような思いをしたくないし、逃げていた自分ともさよならしたい。本当の意味で幸せになりたいから。

「どうだろうか。……俺と結婚してくれる？」

私の様子をうかがいながら聞いてきた彼に、気持ちは固まり、迷いなく答えた。

「はい。……よろしくお願いします」

門脇部長となら、私はこの先幸せに暮らしていける。私のことを好きだと、この先もっと好きになる自信があると言ってくれた彼の言葉を信じ、私も彼のことを心から好きになりたい。

私の返事を聞き、うれしそうに顔を綻ばせた門脇部長を見て、強くそう願った。

『もう逃すつもりはないから』

「いや〜、もう連日私まで聞かれまくっているよ。芽衣と門脇部長が結婚するって公表してから、社内に大激震が走ったわね」

平日の仕事終わり。駅近くの洋食店でハンバーグを食べながらしみじみと話す玲子に、申し訳ない気持ちでいっぱいになる。

「玲子もいろいろと質問されちゃっているよね？　ごめんね。迷惑かけちゃって……」

「なーに言ってるの？　うれしい質問攻めだから気にしないで。だって親友がモテ男をゲットしたんだもの。誇り高いわよ」

そう言って「アハハッ！」と陽気に笑う彼女の姿に、自然と笑みがこぼれた。

門脇部長との結婚を決めてから、一ヵ月が経とうとしていた。今日まで、めまぐるしい日々を過ごしてきた。

こうして玲子と、仕事終わりにご飯を食べるのも久しぶりだった。

「来週にも籍だけ入れて、夫婦生活をスタートさせるんでしょ？　一緒に暮らし始めたら、案外すぐに好きになっちゃうんじゃないの？」

「アハハ……どうだろ」

彼はどうかわからないけれど、私の場合はあながち間違っていないから、笑ってごまかした。

だって私はもともと、門脇部長のことを尊敬していたし。……最近、一緒にいる時間が増えて、どうしても意識している自分がいる。

彼が言ってくれた言葉がうれしかった。私のためを思って言ってくれているのが、伝わってきたから。

『大切なのは芽衣ちゃんが自分の人生を、どう幸せに生きるかじゃないのか？』

『俺は芽衣ちゃんに、自分の出生に負い目を感じることなく、いつかお母さんとも本当の家族になってほしい。そのためならいくらだって力になる。……逃げずに何事にも立ち向かってほしいんだ。そうすることで初めて幸せな人生を送ることができるんじゃないか？』

一語一句、今もしっかり覚えている。

だってそれは、仕事と同じように、私を前向きにさせてくれた魔法のような言葉だったから。

ますます彼に対して好意的な感情を抱くのは当然だし、それが恋心に変化するのもあたり前じゃない？

でも私が今、彼に抱いている気持ちと、彼が私に抱いている気持ちは違うのかもしれない……と思うと、素直に門脇部長を好きになってもいいのかわからなくなる。

この一ヵ月、ずっと考えていた。門脇部長は、好きになることはできても、愛することはできないって言っていたよね？　好き以上の気持ちがわからないとも。

そもそも彼は、誰かを本気で好きになったことがないのかもしれない。

だけど門脇部長を意識し始めた私は、真相を知るのが怖くて聞けずにいた。

気持ちだけ置いてけぼりにされて、一度了承した結婚は、トントン拍子に事が運んでいった。

私の両親に挨拶した次の週、今度は私が彼の実家を訪れた。

相手は勤め先の社長夫婦。きっと私が、『愛人の子』と呼ばれていることも知っているはず。

門脇部長に『芽衣ちゃんのことを話したら、とても喜んでいたよ』と聞かされていたけれど、会って反対されることも覚悟して向かった。

でも実際は彼の言う通り歓迎された。私との結婚を涙ぐみながらとても喜んでくれたほど。

『芽衣さん、どうかあの子のことをよろしくお願いします』

帰り際、ご両親から言われたひと言が、胸の奥に深く響いた。それと同時に、私は本当に門脇部長と結婚するんだって、強く実感させられた。

その後、両家の顔合わせを済ませてつい先日、結納を交わしたばかり。そして社内に公表するや否や、私はすっかり時の人となってしまった。

社内を歩けば常に注目を集め、仲がいい同期や同僚には、どうやって門脇部長を落としたのかと、質問されっぱなし。

門脇部長と結婚するということは、こういうことになると予想はしていたけれど、みんなの反応はその想像をはるかに超えていた。

でも嫌がらせされることや陰口を言われることはなく、会う先々で「おめでとう」と言ってもらえている。

そこはやはり彼の人徳なのだろうか。おかげで私は、社内で嫌な思いをせずに済んでいる。宣言通り、門脇部長に守られているのかもしれない。

手はすっかり止まり、半分残っているハンバーグを呆然と眺めていると、玲子がしみじみと話しだした。

「始まりが始まりだけに心配だったけど、結婚してからお互いを知って、本当の意味で夫婦になっていくのも、私はアリだと思うよ。……芽衣が幸せなら私はなんだっていいよ」

「玲子……」

彼女の気持ちに胸が温かくなる。

玲子とは社会人になってからの付き合いだけど、まるで幼い頃からずっと一緒にいるように居心地がいい。なにより誰よりも私の力になってくれる、心強い味方だ。

そんな彼女にはなんでも話せるし、私もまた玲子のためなら、どんなことだってしたいと思っている。大人になってからこれほど信用できる友人と出会えた奇跡に、感謝したいくらいだ。

でもそんな玲子にも、門脇部長との結婚に関して、ひとつだけ内緒にしていることがある。

「あーあ、早く芽衣のドレス姿見たいなー。ふたりの結婚式が一年後って聞いて、どれほどガッカリしたか……。もしかしたら新郎側の出席者に、私の運命の相手がいるかもしれないでしょ？」

胸の前で両手を組み、目をキラキラさせる玲子に、思わず笑ってしまった。

「そうかもしれないね。……でも式はちゃんと挙げるから。その時は頼んだからね？

友人代表スピーチ
「もちろん任せておいて！　あ、二次会にも三次会にも、しっかり出席させてもらうからね」

「もう、気が早いよ玲子」

結婚式は一年後だというのに、二次会の話まで持ち出す彼女に笑いが止まらない。

その一方で、罪悪感が募っていく。

私と門脇部長は来週、籍を入れる。だけど挙式、披露宴は来年に予定している。

私は育児休暇に入る織田先輩の後継として、本社の商品部に異動してきた。彼女に代わって業務を遂行するべく、今日まで学んできたんだ。

実際にひとりでの業務が始まったら、結婚式どころではない。仕事をしながら準備なんて到底できる自信がないもの。それに織田先輩にも、ぜひ出席してほしいから。

それと来年に予定したのには、もうひとつ理由がある。

門脇部長は私との結婚を機に、後継者の道へ進むと決めたようだ。原則、社員同士が結婚した際、同じ部署に勤めていた場合はどちらかが異動することになっている。

だけどあと少ししたら育児休暇で織田先輩が抜ける。少なからず部署内は慌ただしくなる。私はまだ織田先輩には、追いつけていないから。

そんな時に、幅広い知識と経験を持っている門脇部長まで抜けてしまったら、商品部は回らなくなる。

だから彼は織田先輩が戻ってくるまで部長職に就き、一年の間に引き継ぎを行っていくようだ。

そして商品部から執行部へ異動し、それから身分を明かすと言っていた。

玲子も門脇部長の正体を知らない。私と彼の結婚を心から祝福されるたびに、罪悪感が募っていた。でもいくら親友といえど、さすがに今回ばかりはなにがなんでも話せない。

それにきっと玲子なら、後ほど門脇部長の正体を公表した際、事情を説明すればわかってくれると思うから。

その後も門脇部長とのことをひやかされながら、久しぶりに楽しい時間を過ごした。


「あぁ、織田先輩！　それも私が持ちますから！」

「えー、大丈夫だよこれくらい。そんなに重くないし」

「いいえ、私が持ちます‼」

先輩に対して失礼だと重々承知しつつも、無理やり彼女から荷物を奪い取った。

織田先輩は明日から育児休暇に入る。今日は最後の出勤日。

「おなか大きいんですから、無理しないでください。……本当は挨拶だって、電話で済ましてもいいんじゃないですか？」

都内だけだけど、頻繁に訪れていた店舗に織田先輩は律儀に挨拶に回っていた。織田先輩らしいと思う。責任感が強くて真面目で、笑顔が素敵で。彼女を慕う人は多い。その証拠に行く先々で「おめでとう」と声をかけられ、プレゼントまで渡されていたから。

もらうたびに私は遠慮する織田先輩から奪い取り、両手は紙袋でいっぱいだ。

「ごめんね、持たせちゃって。……それに付き合わせてごめんなさい。少しでも姫野さんが仕事しやすい環境にしてから、育休に入りたくて」

申し訳なさそうに眉尻を下げる彼女に、同性ながら胸がキュンとなる。

織田先輩は各店舗の店長に私のことをたくさん話してくれた。『努力家で、私以上に働き者です』とか、『困ったことがあったら、彼女を頼ってください』とか……。

隣で聞いていて、恥ずかしくなるほど褒めちぎった。

でもそれは、織田先輩の言うようにすべて私のため。赤ちゃんが生まれるんだもの。おめでたいことなのに、織田先輩は自分が育児休暇に入ることを申し訳なく思っているようだ。

私が困らないように、本当に事細かに引き継ぎをしてくれた。それだけでもう十分なのに、な。

だからこそ彼女のためにも、後任として精いっぱい務めたいと思っている。

次の店舗に行くため、駅へ向かう途中、少しでも安心してほしくて必死に伝えた。

「私、まだまだ実力不足で織田先輩の代わりを務められるほどではありません。ですが、任されたからには精いっぱいがんばりたいと思っています！　なので織田先輩、仕事のことは気にすることなく、元気な赤ちゃんを産んでくださいね」

「姫野さん……」

それでなくとも織田先輩の旦那様は、海上自衛官。出産の時に立ち会えるかわからないと聞いている。子育てだって大変なはず。私のせいで仕事のことまで、心配させたくない。

その思いで言うと、織田先輩は目を細めた。

「ありがとう、姫野さん。……姫野さんがいてくれるから、私は安心して育休に入れるの。今日までどれだけあなたが努力してきたか、一番近くで見てきたんだもの。自信を持って仕事にあたってほしい」

「織田先輩……」

どうしよう、泣きそうだ。まさか織田先輩にそんなふうに思ってもらえていたなんて……。

店舗勤務の時から、ずっと憧れてきた。同性で年もそれほど変わらないのに、本社でバイヤーとして働く彼女の姿に。

だから後任の話をもらった時はうれしかったし、やる気に満ちあふれていた。でも現実は覚えることの多さに驚き、すぐに織田先輩の代わりを務めることができるのか、不安でいっぱいになった。

それでも織田先輩は懸命に指導してくれたよね。

「こちらこそありがとうございます。……織田先輩に教えてもらったことを生かして、がんばります」

唇をギュッと噛みしめて伝えると、彼女は安心した顔を見せた。

「ありがとう。……私には私のやり方があるように、姫野さんには姫野さんのやり方があると思うの。だからあまり気負わずに、バイヤーという仕事を楽しんでがんばってほしい。もちろん困ったことや、わからないことがあったら、いつでも連絡してね」

「はい、ありがとうございます」

駅に到着し、改札口を抜けてタイミングよくきた電車に乗り込んだ。

織田先輩には優先席に座ってもらい、私は彼女の前に立つ。するとゆっくりと発車した車内で、彼女は私を見上げた。

「それにしてもびっくりしたな。まさか姫野さんと門脇部長が結婚するなんて。ふたりと一番近くで仕事をしていたはずなのに、全然気づかなかったよ」

「えっと……」

気づかなくて当然です。だって私たち、交際期間を経て結婚を決めたわけではないのですから。……と言えるはずもなく、言葉に詰まる。

「私ね、門脇部長はどんな人となら本気の恋愛ができるんだろうって、ずっと考えていたの。……その相手が姫野さんだと聞いた時、納得したんだ。だってふたり、すごくお似合いだもの」

満面の笑みで言われ、体中の熱が上昇してしまう。顔も赤く染まっているであろう私を見て、織田先輩は「フフフ」と笑みをこぼした。

「お世辞じゃなくて本当よ？　門脇部長って一見軽そうに見えるけど……いや、女性関係に関しては、姫野さんと出会うまでは軽い人だったのかもしれないけど、実際の彼は違うと思うの。真面目で一生懸命で、誰よりも情熱を持って仕事にあたっている。

それになにより、優しい人だと思う」

「はい、私もそう思います」

彼の下で働いている社員は、同じことを思っているんじゃないかな。

「姫野さんと門脇部長って、どことなく似ている気がするの。……あ、仕事に対する姿勢や性格がって意味だからね！」

必死に弁解する織田先輩に笑いをこらえながら「わかってます」と言うと、彼女は続けた。

「姫野さんと門脇部長なら、この先の長い人生なにがあっても乗り越えていけると思う。お互い支え合っていけそうだもの。……本当におめでとう」

「……ありがとうございます」

織田先輩に『おめでとう』と言ってもらえてうれしいのに、心から喜べない。それはきっと、私と門脇部長の結婚が普通じゃないからだ。

織田先輩と旦那様は高校時代の同級生で、再会してから愛を育み、結婚に至ったと結婚式で知った。

ふたりは本当にお互い愛し合っているのが、見ているだけで伝わってきた素敵な結婚式だった。

大抵の夫婦はそうやって結婚するものだよね。でも私たちは違う。結婚してからだって夫婦としての関係を築いていけるはず。そう思っていたけれど、実際に入籍の日が近づくにつれ、不安にもなっていた。

次の店舗がある駅に到着し、電車から降りて改札口へ向かっていると、織田先輩は急に「あ……！」と声をあげた。

「どうかされましたか？」

すぐに尋ねると、彼女は顔の前で手を合わせて謝った。

「よく考えたら私が戻るまでは姫野さん、育児休暇に入ることができないよね。もしかして早く子供が欲しかった？」

「……えっ⁉　そ、そんな子供なんて……っ‼」

思いがけない話に足を止めて、手を左右にブンブン振った。織田先輩もまた足を止め、私を見てキョトンとなる。

「子供はまだ考えていないの？」

「考えていないというか……」

むしろ考えられない、想像できないというか……。あぁ、でもそっか。結婚するということは、門脇部長との子供を授かる未来もあるんだよね。あたり前のことをすっかり忘れていた。

「ごめんなさい。それはふたりで決めることよね。私がどうこう言う問題じゃないのに……」

謝る織田先輩に、ハッとなる。もしかしたら私が子供はいらない考えだと、勘違いさせてしまったかもしれないと。

「いいえ、違います！　もちろん結婚したら、私も織田先輩のように将来的には子供が欲しいと思っています」

幼い頃、お母さんとふたりでの生活だった。とても幸せだったけれど、やっぱりお父さんがいて、兄妹がいる友達がうらやましくもあったから。

だから将来、結婚したら子供は最低ふたり以上欲しいと思っていた。どんな形で結婚したとしても、その思いは変わらないと思っていたけれど……。

門脇部長はどうなんだろう。いや、でもまだ結婚もしていないのに、子供のことを考えるなんて気が早すぎるよね。

視線を下げて考え込んでいると、織田先輩はそっと私の肩に触れた。

「これから共に生活をする中で、困ったことや悩みがあったら、なんでも門脇部長に話してみたらどうかな？　彼ならきっと、真剣に姫野さんの話を聞いてくれると思う」

いたから」

「だって門脇部長、いつも姫野さんのことを気にかけていたもの。……上司として私の後任に決まったあなたを心配していると思っていたけど、今思えば、上司としてだけではなかったと思う。姫野さんを見る門脇部長の目は優しくて、愛情が感じられていたから」

嘘、本当に？

たしかにこの前も、彼の口からそんなことを聞かされたけれど……。なかなか信じられずにいると、織田先輩は人さし指を立てた。

「本当よ？　それに姫野さんだけ、『芽衣ちゃん』って呼んでいたでしょ？　急な異動で緊張している姫野さんを気遣って、あえて下の名前で呼んでいたのかと思ったけど、門脇部長、姫野さんにひと目惚れしたのかもしれないわよ？」

「そんな、まさか……っ！」

さすがにこれには声をあげずにはいられない。

あの門脇部長が私にひと目惚れだなんて、絶対にあり得ない。なのに織田先輩は目を瞬かせた。

「その可能性だって十分あると思うわよ？　なんて言ったたって、独身貴族の彼が結婚を決めたくらいだもの。……姫野さんは仕事でもプライベートでも、もっと自信を持ってもいいと思うな」

「織田先輩……」

自信なんて持てないよ。仕事はまだまだ織田先輩の足もとにも及ばないし、門脇部長とだってこれから先、どうなるのかまったくわからないのだから。

「行こうか」

「……はい」

先に歩きだした彼女の後を追う。

簡単に人は自信を持つことなど、できないと思う。……だけど織田先輩が私のためにしてくれたことを、無駄にはしたくない。

せめて仕事においては少しでも自分に自信を持ちたい。そうすれば自然と、どんなことにも自信を持てるような気がするから。

門脇部長との結婚はもう決めたこと。今はただ突き進むしかないよね。

私より少しだけ小さい織田先輩の背中を見つめながら、自分を奮い立たせた。

そして迎えた入籍当日。

外に出て空を見上げると、真っ青に澄み渡る空に浮かんでいたのは、いわし雲だった。そろそろ本格的な秋を迎えようとしている。

彼に迎えにきてもらい、ふたりで向かった先は都内の市役所。

「はい、たしかに受理いたしました。えっと……おめでとうございます」

婚姻届を窓口に提出すると、祝福の言葉が贈られた。しかし職員の視線はチラチラと、私たちの背後の人物に向けられている。

「うっ……うっ。相手が俊也というのが気に食わないが芽衣、おめでとう」

必死に涙を拭いながら、私の入籍に感動しているのはお兄ちゃんだ。職員はますます困惑している。

「ありがとうございます。そして大変お騒がせいたしました」

謝る門脇部長に続いて、私も頭を下げた。

私たちが入籍するところをしっかり見届けたい！と言いだしたお兄ちゃん。もちろん断ったけれど、市役所に先回りされていた。

玄関先で門脇部長とひと悶着あったものの、結局お兄ちゃんに根負けして、私たちはお兄ちゃんの目の前で無事に入籍を済ませた。

市役所を後にすると、玄関先でお兄ちゃんは足を止めた。

「ほら、芽衣！　記念に写真を撮ってやろう。俊也に今日のことを忘れないようにさせないとな。なんせこいつは、プレイボーイと呼ばれていた男だ。この先、芽衣を裏切ってほかの女に走る可能性もおおいにある」

「おい、昴！」

すかさずツッコミを入れると、門脇部長は私の肩に腕を回した。

「わっ⁉」

突然引き寄せられ、実に色気のない声が漏れる。鼻をかすめたのは、柑橘系の爽やかな香り。

肩に触れるぬくもりに、心臓が忙しなく動きだす。目の前でお兄ちゃんが、鬼の形相になっていることを気にする余裕もないほどに。

「俊也、お前っ……！」

怒りで体を震わせるお兄ちゃんに、門脇部長は自信たっぷりに言った。

「悪いけど俺、芽衣ちゃんひと筋だから。絶対浮気なんてしない」

断言する彼に、お兄ちゃんは唇をギュッと噛みしめた。

「わかったら早く写真撮ってくれよ、お義兄《にい》さん。ついでに俺のスマホでも撮ってくれない？」

そう言いながら彼はポケットの中からスマホを取り、お兄ちゃんに差し出した。

「ふん！　今の言葉……一生忘れるなよ？」

「もちろん」

お兄ちゃんは門脇部長の手から乱暴にスマホを取ると、私たちと少し距離を取る。

「ほら、芽衣ちゃん。笑顔」

「は、はい……」

返事をしたものの、苦しいくらい胸は締めつけられていて笑えそうにない。

なに？　さっきの。『芽衣ちゃんひと筋だから。絶対浮気なんてしない』だなんて……。

ただ、利害の一致で結婚をしただけだよね？　そりゃ好きだと言われたし、この先お互い好きになっていけたら……と思ってはいるけれど……。

門脇部長の言動に、私の心は大きく揺さぶられてばかり。あんなことを言われたら、誰だって意識しちゃうはず。

彼はそれをわかっていて、わざと私をドキドキさせるようなことを言ったり、したりしているのだろうか。

「どうした、芽衣。かわいい顔をしてくれないと困る」

「あ、ごめん」

急いで笑顔を取り繕う。するとお兄ちゃんは持参したデジカメと自分のスマホ、そして門脇部長のスマホでそれぞれ写真を撮った。

「ほらよ、芽衣がかわいく撮れているか、ちゃんとよーく確認しろ」

「サンキュ」

お兄ちゃんからスマホを受け取ると、やっと私を解放してくれた。しかしホッとしたのも束の間、門脇部長は私にピタリと寄り添った。

「芽衣ちゃん、見て。昴にしては上手に撮ってくれたよ」

そう言って見せられたのは、肩を抱かれて緊張で固まっている私と彼の写真。

あぁ、もろにドキドキしているのが顔に出ていて恥ずかしい。

できることなら、今すぐに写真を削除してほしいところなのに、彼の口からとんでもない話が飛び出た。

「父さんたちに送る写真はこれでいいな」

「……えっ⁉」

思わず声をあげると、門脇部長はスマホを操作しながら、面倒そうに言う。

「俺が芽衣ちゃんと入籍したか、心配だから証拠の写真を送れって言われていたんだ。でないと安心できないらしい」

「そうなんですか……しかしあの、その写真を送るのは……」

私が恥ずかしいです。と言葉が続かずにいると、門脇部長は察したのかにっこり微笑んだ。

「大丈夫、緊張している芽衣ちゃんもかわいいから」

「なっ……⁉　門脇部長⁉」

ジロリと睨むと、彼は喉を鳴らしながら送信してしまった。

「もう送っちゃったよ」

そしてイジワルな顔をして私を見下ろす。悔しくてムッとしていると、お兄ちゃんが割って入ってきた。

「俺がいる前でイチャつくな。……俊也、芽衣と結婚したんだ。これからは昔のように、おじさんとおばさんを心配させないようにしろよ」

お兄ちゃんの言葉に、なぜか門脇部長は悲しげに瞳を揺らした。

「……わかってるよ」

ひと言そう言うと、お兄ちゃんは彼の背中を叩いた。

ふたりの間に流れる独特な空気感に、戸惑いを隠せない。

どういう意味だろう。プレイボーイと呼ばれるほど、女性関係が激しかったことを言っているの？　でも、なんか違う気もするし……。

ふたりを見つめながら思いを巡らせていると、私の視線に気づいたお兄ちゃんは大きく咳払いをした。

「とにかく芽衣を悲しませるようなことだけは、絶対するな」

門脇部長に釘を刺すと、お兄ちゃんは私を見つめた。

「芽衣、結婚してもあの家は芽衣の家なんだ。……なにかあってもなくても、好きな時に帰ってきていいんだからな？　それといつだって俺を頼ってくれ。俺たち、たったふたりの兄妹なんだから」

「お兄ちゃん……」

お兄ちゃんの気持ちがうれしくて、目頭が熱くなる。

初めて会った日から、ずっとお兄ちゃんは私に優しかった。ちょっぴり過保護なところもあったけれど、誰よりも大切にしてくれたよね。

つらいことがあっても、お兄ちゃんの存在に何度も助けられてきた。だからこそ今、しっかりと伝えたい。

「ありがとう、お兄ちゃん。……私じゃまったく力になれないかもしれないけど、お兄ちゃんもなにかあったら、なんでも私に言ってね。それとお兄ちゃんにも早く幸せになってほしい」

「芽衣……」

私が嫁ぐまで自分は結婚しない！って言い切っちゃっていたけど、これできっと安心できたでしょ？

素直な思いを伝えると、またお兄ちゃんは目を潤ませて、勢いよく私に抱きついた。

「やっぱり芽衣を嫁に出したくない！　芽衣、結婚は取りやめにしてくれないか⁉」

「ちょ、ちょっとお兄ちゃん……」

周囲の目など気にせず、私を抱きしめて大きな声で言うお兄ちゃんに、恥ずかしくなる。

すると門脇部長がすぐに救いの手を差し伸べてくれた。

「バカか、お前は。芽衣ちゃんをさっそくバツイチにするつもりか」

お兄ちゃんから私を引き離すと、門脇部長はギュッと私の手を握った。

「芽衣ちゃんのことは俺が責任を持って幸せにするから、昴もいい加減シスコンを卒業して、久我家のためにも早く結婚しろ」

「うるさい！」

文句を言いながら涙を拭うと、お兄ちゃんは門脇部長を指差した。

「俊也だから芽衣を託したんだからな！　俺の信用を裏切るようなことはするなよ」

最後にもう一度釘を刺すと、お兄ちゃんは「またな、芽衣」と言いながら去っていった。

「ったく、あいつは昔から変わらないな」

お兄ちゃんの姿が見えなくなると、門脇部長はあきれたようにつぶやいた。

だけどさっきのふたりのやり取りと、彼の口ぶりから、やはり親密さがうかがえる。

文句を言いつつも、お互いのことを信頼しているんだよね。

「さて、と。芽衣ちゃん、俺たちも帰ろうか」

「……はい」

そうだ、私は青野芽衣になったんだ。今日から夫婦としての生活がスタートする。

「行こう」

そう言うと彼は、私の手を引き歩きだした。

昨日のうちに引っ越し業者に荷物を運んでもらい、今日から私は門脇部長が住むマンションで暮らすことになっている。

結婚したんだから、一緒に暮らすのはあたり前だけど、やっぱり緊張する。

彼が運転する車で向かった先は、土地開発が進むマンション街。その中の高層マンションの地下駐車場へ入っていく。

一度だけ訪れたことがあったが、あの時は酔っていて記憶がなかったし、帰りも周囲を見る余裕などなかった。

「ここは地下通路でスーパーや、ショッピングモールにつながっているんだ。マンション内にもフィットネスやライブラリー、カフェなどがある。住人は自由に使うことができるから、今度一緒に行こう」

「は、はい」

さすがは門脇部長だ、すごいところに住んでいる。説明されても、スケールの大きさに戸惑う。

車を駐車すると、先に降りた彼に続いて私も車から降りた。

通路を抜けてエレベーターに乗り込み、降り立ったのは最上階の三十五階。カードキーで鍵を開けると、門脇部長は玄関のドアを開けて私を招き入れた。

「どうぞ、芽衣ちゃん。今日からここがキミの家だ」

「……お邪魔します」

なんて言ったらいいのかわからず言った言葉に、彼はクスリと笑った。

「一度来たことがあるけど、覚えていないだろうし案内するよ」

玄関を入ってすぐ右にトイレがあり、隣は浴室。左側にはドアが三つある。

ひとつは門脇部長の書斎。そして私の荷物が詰まった段ボールが置かれている、私の部屋。

「芽衣ちゃんの部屋の隣が俺たちの寝室。……ここはさすがに覚えているよね？」

彼がドアを開けた先に広がっていたのは、この前のセミダブルベッドではなく、大きなキングサイズのベッドが置かれた十二畳の部屋。

「芽衣ちゃんとの結婚を機に、ベッドを買い替えたんだ」

「そ、そうなんですね……」

そうだよね、夫婦だもの。寝室は同じだよね。

私はちょっと……いや、心構えがかなりできていない。目先のことばかり考えて、結婚するということがどういうことを意味しているのか、考えていなかった。

結婚とは、恋人になった先にあるもの。つまりその……一緒に暮らすということは、恋人同士がするスキンシップもするということ……？

ベッドを前にドキドキしていると、急に肩に大きな手が触れて心臓が飛び跳ねた。

「キャッ⁉」

悲鳴にも似た声をあげて彼を見ると、私を見てニヤニヤしている。

「夜が楽しみだな。今夜が俺たちの新婚初夜だろ？」

し、新婚初夜⁉　いや、たしかに今さっき入籍を済ませたわけだから、そうなるのかもしれないけれど……。

えっ！　門脇部長は恋人同士がするような行為を、私とするおつもりですか？

想像するとドキドキして、不安にもなる。いろいろな感情に支配されていると、彼は愉快そうに笑う。

「お楽しみは最後に取っておくとして、まずは芽衣ちゃんの荷物を片づけようか。俺も手伝うよ」

「は、はい……」

返事をしたものの、夜のことを考えると緊張で体がこわばる。どうにか彼の後を追って寝室を出ると、門脇部長は廊下の壁に寄りかかった。そしてなぜかジーッと私を見つめてくる。

「あの、門脇部長……？」

見つめられると、非常に居心地が悪いのですが……。

視線を泳がせていると、私との距離を詰めた。びっくりして顔を上げると、目と鼻の先に門脇部長の端整な顔があって目を見開く。

あまりの近さにうまく呼吸ができなくなる中、彼はため息交じりにつぶやいた。

「これからずっと一緒に暮らすんだ。そんなに緊張していたら、自分の家なのに、いつまでもリラックスできないぞ?」

「それはそうですが……」

わかってはいるけど、やっぱり緊張してしまう。

再び視線を逸らした瞬間、唇に触れた温かな感触。視界いっぱいに門脇部長の顔が広がって、まばたきさえできなくなる。

「――え……えっ⁉」

唇が離れると同時に漏れた声。

い、今、門脇部長、キスしたよね⁉

咄嗟に両手で口を覆うと、彼はかがんで私と目線を合わせた。

「俺と暮らす生活に早く慣れてよ」

「……っ! あんなことされたら、慣れるものも慣れません‼」

余計に意識しちゃうじゃない！

文句を言うと、なぜか門脇部長はまた笑う。

「うん、そうやって文句を言ってくれたほうが断然いい。……俺と一緒にいて気が休まらないのは嫌だから」

「門脇部長……」

そうだよね、一緒に暮らす中で相手がずっと気を張っていたら、いい気分じゃないよね。私が門脇部長の立場でも同じことを思うもの。

だからといって、すぐに彼との生活の中でリラックスするのは難しいし、キスされることに慣れるわけがないけれど……。

「ぜ、善処します……！」

結婚を決めたのは私自身。門脇部長のことを好きになれると思ったから、結婚を受け入れた。それにこんなに緊張してドキドキしているのは、私がもう彼に惹かれている証拠だと思うから。

すると門脇部長は私の頭をクシャッとなでた。

「早く荷物を片づけて、生活に必要なものを買いにいこうか。その後、夕食は外で済ませてこよう」

「……はい」

早く彼との生活や、夫婦としてのスキンシップに慣れるようにしないと。

今夜だってそうだ。大丈夫、無事に乗り越えられるはず！ ――なんて気合いを入れたものの、やっぱりなかなか緊張は解けなかった。

ふたりで片づけをしている時も、買い物や夕食を共にしている時もずっと。

「ど、どうしよう……！」

あっという間に夜になり、促されるがまま入浴を済ませた。

ドライヤーで髪を乾かし終わり、いよいよ浴室から出なくてはいけない。門脇部長には私より先に入浴してもらったから、この後することといえば寝るだけだよね。

結論が出ると、ドアノブに手をかけたまま動けなくなる。

ここまできておじけづいてどうするのよ。夫婦になったんだもの、もう後戻りはできないでしょ？ 覚悟を決めないと！

活を入れた私がドアを開けるより先に、外からドアが開いた。

「わっ⁉」

外開きのドア。私はそのまま前のめりになる。

「っと、危ない」

倒れる！と思った瞬間、私の体は彼の腕にしっかり支えられた。

「悪い、急にドアを開けて。あまりに遅いから中で倒れているのかと心配で……」

「すみませんでした」

体勢を戻して慌てて彼から離れた。だけどすぐに門脇部長は私の肩と膝裏に腕を回すと、軽々と抱き上げた。

突然宙に浮いた体。びっくりして彼の首にしがみつく。

「か、門脇部長⁉」

パニックになる私に彼は不機嫌な声で言う。

「俺を心配させたバツ。……このまま寝室に連れてく」

「――え」

私を抱きかかえたまま、真っ直ぐ寝室に向かう。

「ひとりで歩けますから……！」

「暴れたら危ないだろ？　おとなしくしてて。それにこれはバツだって言っただろ？」

彼はイジワルな顔でジタバタする私を見た。

こ、これはいよいよ覚悟を決めなくてはいけないのかもしれない……！

器用に寝室のドアを開けると、彼は迷いなく部屋の中を進み、ベッドの端に私を抱いたまま腰掛けた。

門脇部長の膝に座っている状態の私は、パニック状態。背中に腕が回されていて逃げることもできない。

緊張が最高潮に達する中、大きな手で私の頬に触れると甘い声でささやいた。

「好きだよ、芽衣」

「名前……」

いつものように『芽衣ちゃん』じゃなかった。

目を丸くする私を見て、門脇部長は自分の額を私の額に押しつけた。

「結婚したんだ。呼び捨てにしてもいいだろ？　そうだ、芽衣もいい加減名前で呼んでよ。いつまで俺のことを『門脇部長』って呼ぶつもり？」

「それはそうですが、急には……」

だって一年以上『門脇部長』と呼んでいたのに、いきなり呼び方を変えるのはなかなか難しい。

それなのに彼は額を離し、不服そうな顔で私を見る。

「俺は今すぐに呼んでほしいんだけど。……ほら、『俊也』って言ってみて」

私の背中に回っている腕の力がよりいっそう強まる。これは呼ばないことには、離してくれなそうだ。それに彼の言う通り、いつまでも『門脇部長』と呼ぶわけにはいかないよね。

自分に言い聞かせ、思い切って言った。

「俊也……さん」

投げやりで呼んだ私に、彼は満足そうに微笑んだ。

「ん、なに？　芽衣」

甘い声で言うと、頬や額に次々とキスを落とす。

「わっ⁉　ちょっと門脇部長⁉」

つい、いつものクセで言ってしまうと塞がれた唇。

「んっ……」

深い口づけに声が漏れてしまう。

「早く慣れて。名前で呼ぶことに」

キスの合間にそう言うと、再び甘く痺れるキスをする。ドキドキしすぎて胸が苦しい。けれど次第に私の思考もとかされ、なにも考えられなくなる。

どれくらいの時間、キスを交わしていただろうか。徐々に息が上がり始めた頃、俊也さんはそっと私をベッドに寝かせた。

すぐに彼が私に覆いかぶさり、息が詰まる。

あぁ、いよいよ彼としちゃうんだ。だけど嫌じゃない、だって俊也さんのこと嫌いじゃないもの。……だったらこのまま流れに身を任せてみるのも、いいのかも。

ギュッとまぶたを閉じてその瞬間を待っていると、いつまで経ってもその時はこない。代わりに私の体に布団がかけられた。

「よし、じゃあ寝ようか」

「えっ？」

そう言うと俊也さんは私の体を抱き寄せた。

「今日は疲れただろ？　明日からまた仕事だし、早く寝よう」

とは言われるものの、すぐにうなずけない。

えっと、しないの？　新婚初夜だって言っていたし、さっきまであんなに甘いキスを交わしていたのに？

信じられなくて俊也さんを見つめていると、私の視線に気づいた彼は片眉を上げた。

「あれ？　なに？　もしかして芽衣は俺に抱かれたかった？　ご希望なら今すぐ抱かせてもらうけど……」

一だ、大丈夫です‼」

すぐさま拒否すると、俊也さんは再び私の体を抱き寄せた。

「わかったよ。……それと安心して。芽衣が俺のことを好きになってくれるまで絶対にしないから」

「嘘……」

思わず漏れた本音に、彼は苦笑い。

「嘘とは失礼な。……本当にしないよ。俺が芽衣のことを好きなように、芽衣も同じ気持ちになってくれるまで待つから。……まぁ、俺も男だから。こういうスキンシップとキスまでは許して？」

言葉通り彼は、私のぬくもりを確かめるようにさらに強い力で抱きしめた。それだけで胸がギューギューに締めつけられて苦しい。

私を気遣ってくれているんだよね？　待ってくれているんだ。優しい人、だよね。

俊也さんはいつもそう。

仕事中は厳しい時もあるけれど、それは私を思ってのこと。褒める時はめいっぱい褒めてくれる。そんな俊也さんを私はずっと尊敬していたんだもの。

彼を知れば知るほど、もっと好きになる自信がある。だけど俊也さんはどうなんだろう。彼が私に抱いている感情は、本物の好きという感情なのだろうか。

「あの、俊也さんはいいんですか？　このまま私と一緒にいて。……本当に私のこと、その……好きなんですか？」

自分のことでいっぱいいっぱいだったけれど、ふと彼のことが心配になり、恐る恐る尋ねた。

さっき、自分と同じ気持ちになるまで待つって言ってくれたよね？　『俺が芽衣のことを好きなように』とも言っていた。でも正直、好かれている自信がない。

不安な気持ちで心が埋め尽くされていく中、俊也さんは私の背中に優しく触れながら話しだした。

「昴がきっかけで、芽衣を目で追うようになったって言っただろ？」

「……はい」

彼のぬくもりに包まれながら、話に耳を傾けた。

「いつだったかな、芽衣が発注ミスをして誰もいないオフィスで落ち込んでいたことがあったんだ。ひとりにさせるべきだと思ったが、心配でたまらなくて声をかけようとした時、急に芽衣は大きな声でこう言ったんだ。『泣いたら負けでしょ⁉』って」

当時のことを思い出したのか、俊也さんはクスクスと笑うものだから、かあっと顔が熱くなる。

「おまけに痛そうなほど自分の頬を叩いてた」

「そ、それは活を入れるためでして……！」

声を上擦らせながら説明すると、「わかってるよ」と言う。

「その後、勇ましく仕事を始めた姿にグッときたんだ。あぁ、この子は落ち込んでしっかり自分で反省して終わりじゃない、挽回するためにがんばれる子だって」

しみじみと話してくれた俊也さんに、恥ずかしい気持ちでいっぱいになる。だけどそれと同じくらいうれしい気持ちもあって、胸の奥がむずがゆい。

「それに俺、芽衣と初めて会った時から純粋そうなかわいい子だなって思っていたから、遅かれ早かれ好きになっていたと思うよ」

さらりと言われた言葉に、いよいよ顔から火が出そうだ。このままなにも言わなかったら、もっと恥ずかしくなるようなことを言われそう。

そう思い、顔を上げて慌てて口を開いた。

「じゃあ、その……私のことだけ下の名前で呼んでいたのは、好意を抱いてくれていたからですか？」

この機会にずっと気になっていたことを聞くと、俊也さんは目を見開いた。

あ、あれ？　違った？　べつに意味なんてなかったのかな。だったらものすごく恥ずかしい……！

口をパクパクさせる私に、俊也さんはささやいた。

「想像に任せるよ」

そしてまた私の体を抱き寄せた。

なんか、はぐらかされた気がする。……だけど想像に任せるってことは、事実ってことなのかな？

「俺たちの夫婦としての始まりは普通じゃない。でも俺は芽衣のことが好きだから結婚したいと思ったんだ。そのことを忘れないでほしい。それと俺は芽衣のことを逃がすつもりはないから。……だから早く俺を好きになって」

ゆっくりと離された体。甘い瞳で私を見る彼に胸が高鳴る。

俊也さんは、誰かを本気で好きになったことがないのかもしれない。でも、きちんと私のことを見て理解してくれている。少なくとも好意は抱いてくれていると信じてもいいよね。

だったら私も、もっとしっかり俊也さんのことを知って好きになりたい。私のことも好きになってほしいし、これから本物の夫婦になっていきたい。

「……はい」

その思いで返事をすると、ホッとした顔を見せた。

「ありがとう。……こんな俺を好きになってもらえるよう、努力するから」

なにを言っているのだろうか。彼は素敵で魅力的な人だ。俊也さんだからこそ、好きになるのは時間の問題なのに。どうして『こんな俺を』なんて言うの？

喉もとまで出かかった言葉は、彼のぬくもりに包まれた瞬間のみ込んだ。

思ったより疲れがたまっていたのか、次第にまぶたが重くなる。

「今日からよろしくな、俺の奥さん。……おやすみ」

旋毛《つむじ》に落とされたキス。ドキッとなるものの、彼の大きな手が背中や髪を行き来するたびに、眠気に襲われる。

緊張した新婚初夜。私たちはただ、お互いのぬくもりを感じて眠りについた。

次の日、目が覚めると私の左手薬指には結婚指輪がはめられていた。スヤスヤと眠る彼の左手薬指にも……。

『お願いだから、心配させないでくれ』

六時半過ぎ。広々とした使い勝手のいいキッチンで味噌汁の味見をする。

「……ん、おいしい」

火を止めて今度は厚焼き玉子を作っていく。

その時、自分の左手薬指にはめている結婚指輪を見ると、にやけてしまう。もう何度にやけただろうか。

新婚初夜の次の日の朝、彼は『サプライズが成功したみたいでよかったよ』と言うと、甘いキスを落とした。『指輪は絶対外さないでね。芽衣が俺の奥さんだって証だから』なんて言いながら。

俊也さんと夫婦になって、そろそろ一ヵ月が経とうとしていた。

織田先輩から引き継いだ仕事は大変だけれど、その分とてもやり甲斐があり、毎日が充実している。

まだまだ勉強の日々。でも、覚えることがあるというのは実は楽しいことだったりする。

問題の夫婦生活はというと……どうなんだろう、それなりに順調と言ってもいいのかな?

「あ、そろそろ俊也さんを起こさないと!」

名前で呼ぶことにもすっかり慣れ、今では会社で『門脇部長』ではなく、危うく『俊也さん』と呼んでしまいそうになることもしばしば。

昨夜、彼は持ち帰った仕事を書斎で遅くまでやっていた。喉が渇いて深夜の一時に目が覚めた時、まだ隣にいなかったから、だいぶ遅くまでやっていたんだと思う。

コンコンとドアをノックして、ゆっくりと寝室に入った。

「俊也さん?」

だけど反応はなく、ベッドに近づくと規則正しい寝息が聞こえてきた。

やっぱりまだ寝ている。起こすの、なんか悪いな。

膝をつき、頬杖をついて彼の寝顔を眺める。

俊也さんは宣言通り、一ヵ月経つけどキス以上のことを求めてこない。まぁ、私の場合はそれだけでドキドキして、キャパオーバーしちゃうんだけど。

会社では上司と部下として、これまでと変わらず接してくる。ミスをしたら当然叱られるし、注意もされる。同僚と扱いが変わらない。

でも一歩会社を出ると激変。家では常にくっついてくるし、意外と甘えたがり。でも優しくて気遣ってくれるところは会社と変わらない。

家事はできる限り手伝ってくれるし、毎食いつも必ず『おいしいよ、ありがとう』と言ってくれる。

これまでひとり暮らしをしていたから、料理も掃除も洗濯もあたり前にやっていたことだし、べつにひとり分増えたところで、大きな負担になっていない。

それでもたったひと言だけど、その言葉がものすごくうれしいものだよね。

どうやら俊也さんは、噂とは違い、家事全般が苦手らしい。ひとり暮らしを機にできるようになろうと努力はしたようだけど、早々に自分にはできないと悟ったらしく、真顔で『人には、向き不向きがあるという現実を受け入れることも大切なんだ』と言われた時、思わず笑ってしまった。

結婚するまでは週に三回、家事代行サービスを使って掃除や洗濯、料理の作り置きをお願いしていたらしい。

だから実際にふたりでの生活をスタートさせて、料理や掃除をする私を見ては、これでもかというほど褒めちぎられた。

その時の俊也さんを思い出すと、また笑いそうになる。まるで子供のように目をキラキラ輝かせて言うんだもん。

一ヵ月前より今のほうが、より俊也さんを知ることができている。これからもふたりで過ごす時間が増えれば増えるほど、もっと彼のことを知ることができるはず。

この先、私は俊也さんのことを好きになるのかな？　それとも、もうすでに好きになってる？

気持ちが曖昧なままで固まらないのは、やっぱりどうしても結婚する前に聞いた彼の言葉が引っかかっているからだと思う。

好きになることはできても、愛することはできないと言ったのは、本当に愛する気持ちを知らないから……？

もし、〝好き〟と〝愛している〟に違いがないとしたら、俊也さんが好きという気持ちを知っているというのは、矛盾している気がする。

そう考えると、やはり彼は誰かを本気で好きになったことがないということになるのでは？

でも好きと言ってくれた彼の気持ちを信じると決めたし、結婚してから俊也さんに、好かれていると何度も実感できている。

だったらそんなに気にすることないじゃない！と言い聞かせても、やっぱりふとした瞬間に考えてしまう。

「……どうして俊也さんは、私のことを好きになっても、愛することはできないなんて言ったんですか？」

静かな室内にポツリと漏れた声に、じわじわと体の熱が上昇していく。

熟睡しているとはいえ、私ってばなんてことを聞いているの？　私は彼に、愛していますか？なんて聞かないと言ったのに。

いまだに規則正しい寝息を立てる俊也さんの寝顔を見つめた。

「このままあなたを、好きになってもいいんですか……？」

答えは返ってこないとわかっているからこそ、聞きたくなった。惹かれるがまま素直に好きになれるか不安なのは、あの言葉があるから。

でも今さら聞けない。だって俊也さんは、私のことを好きだと言ってくれた。今だって私の気持ちも私との関係も、大切にしてくれているのがわかるから。

彼に対する想いに悩んでいる間も、時間は流れていく。気づけば起こしにきてから十五分が過ぎていた。

「大変！　早く起こさないと」

俊也さんの体を揺すり、起こしにかかる。

「俊也さん、起きてください。間に合わなくなりますよ？」

「んー……あとちょっと……」

かすれた声で言うと、すっぽり布団をかぶってしまった。

「あ、もうだめですよ起きないと」

俊也さんって意外と朝が弱い。簡単に起きてくれない時も多々あるから、けっこう困る。

何度体を揺すっても起きない彼に、強硬手段に出た。

「いい加減、起きてください！」

かぶっていた布団を剥ぎ取ると、やっと目を覚ましてくれた様子。

「……芽衣？　もう朝？」

「はい、朝なので起きてください。ご飯の準備しておきますね」

布団を戻して踵を返した瞬間、思いっきり腕を引かれベッドに引きずり込まれた。

「キャッ!?」

あっという間に組み敷かれ、すっかり目の覚めた俊也さんがイジワルな顔で私を見下ろした。

「おはよう、芽衣」

「……おはようございます」

咄嗟に挨拶を返したものの、すぐに我に返る。

「もうなにしているんですか？　早く準備しないと遅刻しますよ？」

ドキドキしていることを悟られないよう、平静を装う。

「んー……それはわかっているけど、芽衣からおいしそうな匂いがするからさ」

首もとに顔を埋められ、心臓が飛び跳ねた。

「しゅっ、俊也さんっ！」

平静を装うことなどできなくなり、必死に彼の体を押し返そうとしても、ビクともしない。

首もとから彼の吐息を感じ、心臓が壊れそうになる。

「甘い匂いがする。……芽衣のこと、食べたくなる」

「なっ……！　私は食べ物ではありません！」

とんでもないことを言われ抗議をすると、俊也さんは声を押し殺して笑った。

「ククク……。冗談に決まってるだろ？　毎回本気にして。芽衣ってば本当にかわいいな」

「俊也さん⁉」

ジロリと睨むと、やっと私の上から退いてくれた。

「離れないと、芽衣の心臓が止まりそうだからな」

うっ……！　必死にごまかしていたのに、ドキドキしていることはバレバレだったようだ。

だからあんなことをして私の反応を見てからかったんだ。俊也さんって時々……いや、けっこうイジワルだよね。この一ヵ月で、何度同じようにからかわれたか。だけど……。

「芽衣」

先にベッドから下りた彼は、私に手を差し伸べた。

「……ありがとうございます」

おずおずと彼の手を取ると私を引き上げた。だけど一向に手を離してくれない。

「あの、俊也さん？」

名前を呼んだ瞬間、ナチュラルにキスされた。

触れるだけのキスはすぐに離れ、驚き固まる私を見て微笑んだ。

「起こしてくれてありがとう。朝ご飯、楽しみだよ」

「……っ！　急いで準備します」

恥ずかしくなり、逃げるように寝室から出た。

キッチンに駆け込み、朝食の準備に取りかかるものの、私の胸の鼓動は忙しなく動いたまま。

俊也さんは私をからかったり、イジワルなことをした後は必ずと言っていいほどキスをする。まるで仲直りしようというように甘いキスをしてくるんだ。

思い出すと……だめだ、熱くて顔から火が出そうになる。

俊也さんとのキスを頭の中から必死に追い出して、朝食の準備を進めた。


「ちょっとちょっと、見たわよ～？　今朝も仲よく夫婦揃って出勤してくるところを。なによ、もうすっかりラブラブじゃない」

「いや、べつにそういうわけでは……」

この日の昼休み。久しぶりに会社のカフェテリアで玲子と昼食を共にしていると、開口一番に俊也さんとのことをからかわれた。

「たまたま出勤時間が同じで、一緒に来ただけだから」

私たちバイヤーは本社に出勤することなく、直接営業先や取引先、店舗に赴くことがある。

一日会社に顔を出さないこともしばしば。だから商品部のオフィスに全員が揃うことは滅多にない。

今日は月に一度の会議があったから、彼の運転する車で出社したまでだ。

それなのに玲子の顔はニヤニヤしたまま。本日の日替わりランチのコロッケを食べながら言う。

「そういうのを仲がいいって言うの。……うまくいっているようでなによりだよ。なに？　もうどうしようもないほど彼のことを好きになっちゃった？」

私の反応をうかがいながら聞いてきた玲子に、タジタジになる。

ちょっと今、私たちがいる場所を忘れていない？　ここは本社の社員が多く利用している場所だということを。

「ここでそんな話をできるわけないでしょ？」

はぐらかして味噌汁をすすった。

「そうか、好きになっちゃったか。……それじゃもう一線を越えちゃった？」

最後にボソッと聞かれた内容に、味噌汁を噴き出しそうになる。

「ゴホッ……！　そんなわけないでしょ!?」

私のほうこそ、ここが会社のカフェテリアということを忘れて声を荒らげてしまった。だけどすぐに我に返ると周囲の視線を感じ、小さくなりながら水を一気に飲み干す。

「変なことを言わないで」

とげとげしい声で言うと、玲子はキョトンとした。

「変なことじゃないでしょ？　好きの先にある自然な行為じゃない。その反応だと、まだ一線は越えていないようね」

「……あたり前でしょ？」

こういう話をすることに慣れていなくて、いつもより早口になる。

すると玲子は箸を持つ手を止め、まじまじと私を眺めた。

「でも惹かれてはいるんでしょ？　結婚生活も楽しいんじゃないの？　だって最近の芽衣、とても幸せそうだもの」

玲子の目に私は幸せそうに映っているの？

信じられなくて私の手も止まる。すると彼女は得意げな顔を見せた。

「本当よ？　……正直、好きになりかけているんでしょ？　べつに隠すことないじゃない。夫婦なんだもの、好きになれたならよかったじゃん」

「それはそうだけど……」

言葉が続かない。本当に今の状況はいい方向に向かっているのだろうか。

ずっとモヤモヤしていた悩みを、思い切って玲子に打ち明けた。

「あのさ、結婚前に私が言われたことを話したじゃない？　覚えてる？」

「それってたしか、芽衣のことを好きになれても、愛することはできないってやつだっけ？　それで芽衣は、もしかしたら彼は誰かを本気で好きになったことがないのかもしれないって、心配していた……」

周囲に聞こえないように言った彼女にうなずいた。

「うん。……私、どうしてもそれが引っかかっていて。このまま彼のことを好きになってもいいのか、最近不安なの。やっぱり同じ気持ちになってくれなかったら寂しいし」

今の素直な思いを吐露すると、玲子は真剣な面持ちで自分の考えを話してくれた。

「芽衣からスキンシップが多いなんてノロケを聞くと、たいして意味はないように思うんだよね。それにいいじゃん、好きって気持ちだけで！　あの門脇部長に好きになってもらえただけで奇跡だと思わない？　ずっと独身でいると思っていたもん」

たしかにこれまでの彼のプレイボーイぶりを考えれば、プロポーズされて、好きになってもらえただけで、玲子の言う通り奇跡なのかもしれない。

「まずは芽衣の気持ちを、伝えることが大切なんじゃないかな？　それに知らないなら、芽衣が誰かを本気で好きになる気持ちを教えてあげればいいじゃない！」

「玲子……」

そうだよね、まずは自分の気持ちを伝えるべきなのかも。惹かれているって。それにもっと同じ時間を共に過ごせば、信頼関係を築いていけるはず。それから聞いてもいいんじゃないかな。俊也さんの言う〝好き〟と〝愛している〟の違いはなんですか？って。

もし誰かを本気で好きになったことがないのなら、好きになってもらえるよう私が努力すればいいよね。

「ありがとう、玲子。おかげですっきりした」

「それはよかった。……私たち友達でしょ？　なにかあったら、これからも遠慮しないでいつでも相談してよね。話ならいくらでも聞くから」

「……うん」

本当に玲子がいてくれてよかった。

「玲子もなにかあったら、いつでも連絡してよ？」

上機嫌で食べ進める玲子に声をかけると、彼女はうれしそうに顔を綻ばせた。

「ありがとう。じゃあなにかあったらすぐに芽衣に連絡するから、駆けつけてきてね」

「了解」

お互い顔を見合わせて笑ってしまった。


俊也さんに今の私の気持ちを伝えよう。と決心したはいいものの、いざ本人を目の前にすると言いだせないもの。

好きと認識していないのに、告白するのもどうなの?と思い始め……。結局なにも伝えることができないまま、一週間が過ぎた。

この日は朝から棚替えに向けて店舗回りをしていた。十九時を過ぎた頃にやっと最後の店舗に着いた。

店全体をチェックしながら見て回り、自分が担当するスキンケア、メイクの商品が並べられている棚を確認する。

うん、ここも綺麗に陳列されているし欠品もない。大丈夫だね。

すべての確認を終え、最後に事務所で店長と話をしていた。

「それでは明後日、メーカーと共に棚替えに伺いますね」

「わかりました、よろしくお願いします」

明後日の話をして事務所を出た時には、二十時を回っていた。そういえば俊也さんに遅くなるって伝えていなかった。

店舗と事務所をつなぐ通路で足を止めて、バッグの中からスマホを取ろうとした時、ある物が目に入る。

「あ、棚割り表……！」

肝心なものを店長に渡すのを忘れていた。

踵を返して事務所に戻っていくと、店長ともうひとりの話し声が聞こえてきた。

『なんか違うんですよね、織田さんと姫野さんって。……あ、今は門脇さんでしたっけ？』

『いや、会社ではまだしばらくは旧姓でお願いしますと言っていたぞ』

耳に届いた織田先輩と自分の名前にドキッとなる。

事務所前で足を止め、だめだとわかりつつも気になって耳を澄ました。

『仕方ないとはいえ、どうしても比べてしまうよな。織田さんは本当に細かなところまで配慮してくれたから』

『些細なことだけど、それがうれしいというか、求める以上に尽力してもらえたら、こっちもがんばろうって思えますよね』

『姫野さんに織田さんと同じことを求めるのは、可哀想だろ。あの人、まだ仕事を覚えることで精いっぱいだろうし』

『そうですね』

やっぱりわかっちゃうよね、仕事に対して余裕ないってこと。

自分でもわかっている。私はまだまだだし、織田先輩の足もとにも及ばないってことを。

だからこそ日々がんばっている。……でもそのがんばりも、実力が伴ってこなければただのひとりよがりで、意味のないものになってしまう。

そんなことも、全部ちゃんとわかっている。

予期せず自分の評価を耳にしたことで、なんともやるせない思いで胸がいっぱいになる。

回れ右をして、静かに店を後にした。

あんな話を聞いた後で、店長たちの前でいつも通り接する自信がないもの。会社に寄らず帰るつもりだったけど仕方ない。一度戻ってファックスで送ろう。

そのまま駅に向かい、電車に乗って本社へと向かった。

会社に戻ると商品部には誰も残っておらず、棚割り表を送信し、残っていた雑務を片づけて帰路についたのは二十一時半過ぎ。

そういえば私、俊也さんに連絡するのをすっかり忘れていた。

マンションのエントランスを抜けたところでスマホを手に取る。だけど彼からの連絡は入っていなかった。

今日は早く帰れそうって言っていたし、もう家にいるよね。

エレベーターに乗り込み、最上階で降り、部屋の前まで来ると一度足を止めた。

今の私の顔、大丈夫かな？ さっきのこと引きずって顔に出ていないよね。

仕事とプライベートをしっかり分けている俊也さんがいる家に、仕事は持ち込みたくない。

それに落ち込んだってどうしようもないじゃない。店長たちが言うことは正しいもの。私はただ、これまで以上に精進するしかないんだ。

「……よし！」

気持ちを切り替えて、渡されたスペアのカードキーで家に入った。

「すみません、遅くなっちゃって」

鍵を閉めて家の中に入ると、なにやらキッチンのほうからこげくさいにおいが漂ってきた。

「え、なに？　もしかして火事？」

急いでキッチンに向かうと、そこにはエプロンをつけた俊也さんが立っていて、私が来るなりギクリと体を反応させた。

「おかえり、芽衣」

「……ただいまです」

私に向けられた笑顔はぎこちない。

えっと……とりあえず火事ではなくて安心した。じゃあこのにおいは、もしかして俊也さんが料理を作ってくれたの？

気になってキッチンを覗き込むと、彼の肩越しに見えたのは真っ黒にこげたフライパンと、皿に盛られた黒い物体。

「それは……」

ジッと見つめていると、俊也さんは深いため息を漏らした。

「芽衣が料理するところを見て、俺にもできると思ったんだが……浅はかだった」

がっくり項垂《うなだ》れた俊也さんは、横にずれた。すると目に飛び込んできたのは、流し台にあふれた汚れ物と荒らされたキッチンだった。

「こ、これは……」

いったいどんな料理を作ったら、ここまでになるのだろうか。

朝食後、綺麗に片づけていったキッチンが見るも無残な姿に変わり果てていて、顔が引きつる。すると俊也さんは力ない声で話してくれた。

「ここ最近の芽衣、忙しそうだったからさ。……少しでもラクさせてやりたくて……」

「え……私のために？」

俊也さん、料理はできないって言っていたのに。

思わず聞き返すと、彼は眉尻を下げた。

「芽衣のために決まってるだろ？ 俺ひとりだったら、こんな無謀な挑戦はしないさ。……本当ならおいしいハンバーグを作って、帰ってきた芽衣をびっくりさせるはずだったのに」

「俊也さん……」

もう一度キッチンに目を向けた。

努力してもできないと言っていたのに、私のために作ってくれたんだと思うと、うれしくて胸がいっぱいになる。

「食べてもいいですか？」

「えっ！　いやいや、これは食べられたものじゃないから」

俊也さんが私のために作ってくれたものでしょ？　だったら食べたい。

「大丈夫です、いただきます」

彼の制止を押し切って、ハンバーグらしきものをひと口食べる。見た目以上に内部までこげていて、口いっぱいに苦みが広がる。

だけどなぜかおいしく感じる。なによりうれしくて目頭が熱い。

「まずいだろ？　大丈夫か？　あ、水……！」

慌てた様子でコップに水を注ぎ、私に差し出した。だけど私の顔を見た瞬間、彼はおもしろいほどうろたえだした。

「やっぱり泣くほどまずかったんだな！　すまない、こんなものを作ってしまい」

「いいえ、違うんです」

急いで涙を拭い、素直な思いを伝えた。

「料理ができないって言っていたのに、私のために作ってくれたのがうれしくて。……おいしいです、俊也さんの料理」

「芽衣……」

今まで食べたどの料理よりもおいしいよ。俊也さんの気持ちがこもった料理だからこそ余計に。

すると俊也さんの頬や耳は、赤く染まっていった。

「え……俊也さん？」

これはえっと……照れているんだよね？

初めて見る意外な姿に、視線が釘づけになる。

「……っ見るな」

そう言うと彼は腕で顔を隠したものの、当然隠しきれていない。いまだにばっちり照れた顔が見えちゃっている。

俊也さんも照れたりするんだ。いつもどこか余裕たっぷりで、人のことをさんざんからかっているくせに。

私より年上の男性なのに、かわいいって思っちゃったじゃない。

不覚にも胸をキュンとさせられていると、俊也さんは荒れ果てたキッチンを見て深いため息をこぼした。

「それより夕食どうしようか。メインの材料は使い果たしてしまったし……」

「そうですね……」

冷蔵庫を開けると、卵にベーコン、それと玉ねぎやニンジンがある。たしか朝炊いたご飯が残っているよね？

炊飯器を確認すると、ふたり分のご飯が残っていた。

「俊也さん、今夜はチャーハンにしませんか？」

「え、チャーハン？」

「はい。チャーハンならすぐできますし」

ジャケットを脱いでエプロンをつけ、料理を作る前に、まずはこげたフライパンを洗うことから始めた。

私の横で俊也さんは申し訳なさそうに言う。

「悪い、余計な仕事を増やしてしまい」

「そんなことないですよ？　洗い物なんてすぐですから。俊也さんはゆっくりしていてください」

彼だって今日は仕事だった。慣れない料理を作って疲れているはず。

だけど一向にキッチンから出ていく気配がない。おまけに私が洗い物をする様子を、ジッと見つめてくるから非常にやりづらい。

「あの、俊也さん？」

耐え切れなくて名前を呼ぶと、「気にしないで続けて」と言う。

「間近で見て学んだら、俺にもいつかできるかもしれないだろ？　……これからずっとふたりで生活していくんだ。芽衣にばかり、負担をかけたくない」

「俊也さん……」

落ち込むことがあったからかな？　だから今日の私は涙脆《もろ》いのだろうか。

また泣きそうになり、グッとこらえた。

「じゃあ早く帰った日や休日は、ふたりで作ってみますか？」

「え、教えてくれるのか？」

目を見開く彼に笑顔でうなずいた。

「最初は簡単なものからにしましょう。まずは洗い物からしましょうか？」

フライパン以外の汚れ物を洗ってくれると、すごく助かる。その思いで言うと、彼はすぐさま腕をまくった。

「わかった、洗い物は俺に任せてくれ」

「じゃあお願いします」

彼に任せると、玉ねぎやニンジンを切り、調理に取りかかった。その横で俊也さんは慣れない手つきで皿を洗っている。

なんか不思議な感じがする。あの俊也さんとこうして並んでキッチンに立っていることが。だけどそれを言ったら、結婚したこと自体がいまだに信じられないかも。尊敬していた上司と夫婦になったのだから。

でも家に帰ると誰かがいるって、やっぱりうれしいな。

亡くなったお母さんとふたりで暮らしていた頃は、学校で嫌なことや落ち込むことがあっても、家に帰ってお母さんと過ごすと自然と忘れられていたよね。

今だってそうだ。俊也さんが料理を作ってくれていたことがうれしくて、気持ちが軽くなった。またがんばろうと思えるから。

「なぁ、芽衣。今はまとまった休みが取れないから行けないが、結婚式を挙げるタイミングで新婚旅行にも行こうな」

「え、新婚旅行ですか？」

手を止めて横を見ると、彼の唇は優しい弧を描いた。

「あぁ。普通の夫婦がやることを全部していこう。結婚式に新婚旅行。休日には恋人のようにデートをして、思い出をたくさん作っていきたい。それにこうして日常生活もできるだけふたりで過ごしたい」

俊也さん……。

「俺さ、正直一生独身でいるつもりだったんだ。でも実際に結婚して芽衣と暮らす毎日が楽しくて。……ありがとうな、俺と結婚してくれて」

改めて言う彼に胸の奥がギュッと締めつけられた。

「ど、どうしたんですか？　急に」

慌てて料理を再開しながら聞くと、「ふと、思ったことを言っただけ」と言う。

「それに思ったことはすぐ相手に伝えないと。……あとで言おうとしたって、それが叶わなくなる場合もあるだろ？　忘れることもあるし、言えない状況になることだってある」

「――え？」

意味深なことを言う俊也さんを再び見ると、悲しげに瞳を揺らした。

「今ある幸せが、永遠に続くとは限らない。俺と芽衣だって、この先どうなるかわからないんだから」

どうして急にそんなことを言うの？　だって俊也さん、言ったよね？　結婚したら絶対浮気はしないって。

彼に言われた言葉を思い出していると、俊也さんは急にパッと表情を変えた。

「なんて、な。冗談だよ。俺は芽衣を手放すつもりはないし、死ぬまで添い遂げるつもりだから」

いつもの調子に戻った俊也さんは、残りの食器を洗っていく。

冗談？　本当に？　さっきの俊也さんの表情、とても冗談を言っているようには見えなかった。

もしかして私がはっきりしないせいで、彼を悩ませている？　でもそれだけではないような……。

感じた違和感はモヤモヤと化して心に残り、その後も消えることはなく、ふとした瞬間に思い出しては頭を悩ませた。

「これでよし、と！」

データを保存し、両手を上げてグンと体を伸ばした。そのまま窓に目を向ければ、朝からシトシトと降り続いていた雨が、夕方になって本降りとなってきた。

天気予報で夜には嵐になると言っていたよね。今日は早く帰ったほうがいいかも。

幸い今日は残業せずに帰れそうだ。各店舗から上がってきた発注書を業者にかければいい。

俊也さんはつい先ほどから、定例の重役会議に出ている。今日の会議は長引きそうだと言っていたし、早く帰っておいしいものを作って待っていよう。

なにを作ろうかと考えながら、ファックスで送られてきた発注書を確認していると、会社から支給された仕事用のスマホが鳴った。

画面に出た発信元を確認すると、都内で一番売上がいいS駅前の店舗からだった。

「お疲れさまです、姫野です」

すぐに応答すると、電話越しに店長の焦った声が聞こえてきた。

『お疲れさまです。あの、申し訳ありません！　実は明日、特注で受けていた商品があるのですがその……発注をかけるのを忘れてしまいまして』

嘘でしょ、忘れたなんて。しかも明日⁉

『本当にすみません！』

ひたすら謝る店長に、「どうしてしっかり確認しなかったんですか？」と喉もとまで出かかった言葉をのみ込んだ。今は受けた特注の商品をどうにかすることが先決だ。

「特注を受けた商品と数を教えてください。それと今、店に在庫はどれくらいありますか？」

特注を受けたのは、定番棚に並べられているリップクリームや制汗剤。どうやらイベントの景品に使用するようで、それぞれ七十五個ずつ注文を受けたとのこと。

聞くと店に少し在庫があるようだから、不足分を都内の店舗からかき集めれば間に合うはず。

「私が今から都内の店舗を回って集めますので、店長は各店に在庫数を確認してもらってもいいですか？　在庫の多い店舗がわかったら連絡ください」

『わ、わかりました！』

電話を切り、荷物をバッグに詰め込んでいく。

「姫野さん、大丈夫？　なにかトラブル？」

ただならぬ私の様子を見て、先輩が心配そうに声をかけてくれた。

「はい、S駅前店が特注かけるのを忘れていたようで……。でも都内の店舗にある在庫でどうにか間に合いそうなので、行ってきます」

「気をつけてね。なにかあったら連絡して」

「ありがとうございます」

先輩にお礼を言って、急いで会社を出た。天気予報通り、雨が強く降る中急いで駅へと向かう。

電車に乗っている間に、店長から送られてきた在庫の手配可能な店舗情報をメールで確認し、それを見ながらはしごしていく。

次第に風も強くなってきて、商品を持って傘をさすことができなくなり、走って最後の店に取りにいった。

「この度は本当に申し訳ありませんでした！」

「いいえ、無事に注文数集められてよかったです」

今日の明日では今からメーカーに発注をかけても間に合わなかったから、本当に集めることができてよかった。

商品もビニール袋を二重にして運んだから、幸い濡れずに済んだし。

店員から渡されたタオルで濡れた髪を拭きながら、バイヤーとして注意した。

「しかし今回は在庫があって助かりましたが、毎回そうとは限りません。今後はこのようなことがないよう、よろしくお願いします」

「……はい、本当にすみませんでした」

深々と頭を下げる店長は、私より二十歳以上年上だ。人生の先輩に対して注意をするなんてこと、最初はできないと思っていたけれど……。

バイヤーとしての仕事だと割り切る。お客様に迷惑をかけることになるのだから。

それに以前、織田先輩にも言われた。『どの組織の中にも、嫌われ者が必要。時には誰かが悪者にならないといけない』って。

きっと今なんだよね。それが私の役目で、店長も理解してくれていると信じたい。

「それでは私はこれで」

店を出ると、ますます雨風が強さを増していた。このまま直帰したいところだけど、今日中に発注をかけなくてはいけない。

今度は傘を差して駅に向かうものの、風が強くて意味がない。さらに濡れながら電車に乗り込んだ。

車内には私と同じようにずぶ濡れの人が多くいる。なるべく人と触れないよう端に寄った。

まずいな、急に寒くなってきた。そりゃいつまでも濡れている服を着ていたら、こうなるよね。

会社のロッカーに着替えなんて、あったかな？　上着ぐらいはあった気がするんだけど……。


電車を降りて駅から会社に向かう途中でも、また濡れてしまった。

もう、最悪だ。……でもどうにか特注分用意することができてよかった。

時刻は十九時半を回っている。社内に残っている社員はほとんどいないようで、廊下はシンとしていた。

私も早く発注をかけて帰ろう。

寒いし、さっきから頭が重い。明日も仕事があるのに、風邪なんてひいている場合じゃないもの。

おぼつかない足取りでオフィスのドアを開けると、すぐに俊也さんが焦った様子で椅子から立ち上がった。

「芽衣！」

「俊也さん……？」

彼が家にいる時のように呼び捨てにするものだから、ここが会社ということも忘れて私も名前で呼んでしまった。

だけどオフィスには私たち以外誰もおらず、ホッと胸をなで下ろす。その間、彼はこちらに向かってきた。

「大丈夫か？　電話に出ないから心配していたんだ」

「え、電話？」

バッグの中に入れっぱなしのスマホを見ると、彼からたくさんの着信履歴が残っていた。

「すみません、マナーモードにしていて気づきませんでした」

「なにもなかったならいいんだ。さっき店長から謝罪の連絡を受けたよ。お疲れ、商品が集まってよかったな。よくがんばった。……おい、ずぶ濡れじゃないか！」

私が濡れていることに気づいた彼は、急いで着ていたジャケットを脱いで私にかけてくれた。

「大丈夫です、濡れちゃいますから」

「いいから」

私の制止を押し切ると、今度は私の額に手をあてた。

「熱があるじゃないか！」

「熱、ですか？」

あぁ、やっぱり熱があるんだ。どうりでさっきからフラフラするはずだ。

「どうして直帰しなかった？」

いつになく声を荒らげる彼に説明した。

「それは今日中に発注をかけなくちゃいけなくて……」

「それなら俺がやっておいたから」

本当に？　だって私、俊也さんに頼んでいないよね？

びっくりして見つめてしまうと、彼は眉尻を下げた。

「部下の仕事状況を把握するのも上司の仕事だから。各店から上がっていた発注はかけておいたよ」

「そう、だったんですね。……すみませんでした」

特注の件がうまく片づいても、こうして俊也さんに迷惑をかけてしまったなら意味がない。

申し訳ない気持ちでいっぱいになり、視線を落とした私に彼は深いため息を漏らした。

「バカ。……こういう時になぜ俺を頼らない？　芽衣にとって俺は上司としても、夫としても頼りにならない存在なのか？」

「――え」

顔を上げると、悔しそうに唇を噛みしめる俊也さんが目に入る。

「もちろん周囲に迷惑をかけないようにすることも大切だ。だが、なんでもひとりで抱え込むな。時には誰かを頼れ」

「俊也さん……」

そう言うと彼は私を抱き抱えた。

「キャッ⁉」

軽々と私を抱いたまま彼は自分のデスクに行き、荷物を持ってドアのほうへ向かう。

「しゅ、俊也さん⁉」

「熱があるんだ、歩かせるわけにはいかない」

「でもっ……！」

密着する体にドキドキしてつらい。それにここは会社。いくら私の体調が優れないからといって、こんなところを誰かに見られたら恥ずかしい。

でも彼は下ろしてくれず、ドアを開けて廊下を突き進んでいく。誰もいないけど、いつどこで出会うかわからない。

周囲をキョロキョロしていると、俊也さんはどこか苛立った様子で口を開いた。

「さっきも言ったが、どうして俺や同僚を頼らなかったんだ？　発注なら誰かに任せることができたはずだ」

「それはそうですが……」

でもこれは私の仕事だし。――と、心の中で唱えるとすかさず彼が言う。

「特注の件も、ひとりで抱え込まず連絡をくれたらよかったのに。ひとりよりふたりで動いたほうが早い」

もっともなことを言われ、口をつぐむ。

どうにか誰にも見られることなく彼の車が停めてある、地下駐車場に着いた。私を助手席に乗せると、俊也さんも運転席に乗り込み車を発進させた。

「あ、車のシートが……」

私が乗ったら濡れちゃうよね。どうして乗る前に気づかなかったかな。

熱のせいで意識が朦朧《もうろう》としながらも言うと、俊也さんは厳しい口調で言った。

「そんなことは心配しなくていい。……なぁ、芽衣。俺たち結婚したんだ。どんな迷惑でもワガママでもいい、一番に頼ってくれ。……俺にだけは甘えてほしいんだ」

「俊也さん……」

お母さんが亡くなってから、ずっと気を張って生きてきた。昔はいつも甘えていたのに、今はもう誰にどうやって甘えたらいいのか忘れてしまった。

できるだけ両親やお兄ちゃんに迷惑をかけないように、今日まで生きてきたから。

だからこそ彼がくれた言葉がうれしくて泣きそうになる。

マンションに着くと、また彼は部屋まで私を抱き抱えて運んでくれた。

さっきより熱が上がったのか、抵抗する力さえなく彼に身を委ねた。

「芽衣、着替えできるか？」

「……はい」

「体を拭いたほうがいいよな？　待ってろ、お湯とタオルを持ってくるから」

私を寝室に運ぶと、彼は急いでお湯にタオル、それと着替えまで持ってきてくれた。

「着替え終わったらまた呼んでくれ」

「すみません」

フラフラしながらどうにか体を拭いて着替えを済ませた。彼を呼ぶと冷却シートを私の額に貼ってくれた。

「少し寝るといい。その間にお粥《かゆ》を買ってくるから。薬も家にないから買ってくる」

「なにからなにまで、本当にすみません」

寝るように促され横になると、しっかりと布団をかけられた。すると俊也さんは、私と視線を合わせるように膝をついた。

「さっきから芽衣は、謝ってばかりだな」

「それはだって、迷惑をかけてますから」

謝るのは当然でしょ？　それなのに彼は首を左右に振り、優しく私の髪をなでた。

「こういう時は『すみません』じゃなくて、『ありがとう』と言ってほしい。それに夫が妻の看病をするのも、心配するのも、頼ってほしいと思うのも当然だろ？」

得意気に言う彼に目が丸くなる。

「なにか食べたいものはあるか？　……悪いな、本当は俺がなにか作れればいいんだが……」

「いいえ、そんな！　……ありがとうございます」

一瞬『すみません』と言いそうになり、慌てて言い換えると彼はうれしそうに表情を崩した。

「ん。……食べたいものはある？」

髪をなでられながら甘い声で言われると、子供扱いされている感が否めないのに、それがうれしくもある。

胸の奥がむずむずするのを感じながら、今食べたいものを伝えた。

「じゃあえっと……バニラアイスが食べたいです」

幼い頃、熱を出したらお母さんが買ってきてくれたんだよね。甘くて冷たいアイスがおいしかったことを、今でも鮮明に覚えている。

お願いすると俊也さんはクスリと笑った。

「了解。急いで買ってくるから待ってて」

「……はい」

私の返事を聞き、彼は寝室から出ていった。少しして玄関のドアが閉まる音が聞こえてきた。

熱を出したのはいつぶりだろうか。軽い風邪をひいたことはあったけれど、ここまで体調が悪くなるのは久しぶりかも。

でも家に看病してくれる誰かがいるって、やっぱりいいな。……アイスを食べたいだなんて、ワガママだったかな。でも食べたいものがあればって聞いてくれたし……。

考えるものの、すぐに頭が回らなくなりまぶたを閉じた。するとすぐに深い眠りに落ちていく。


何度も私の名前を呼ぶ俊也さんの声で目が覚めた。

「……ん」

ゆっくりと目を開けると、心配そうに私を見る彼が視界いっぱいに広がる。

「俊也、さん？」

私が目を覚ましたのを確認すると、安心した顔を見せた。

「よかった。……大丈夫か？　さっきより熱が上がっている。苦しそうにしていたから、どこか痛いのかと心配していたんだ」

いつになく余裕のない俊也さんに、戸惑いを隠せない。

私はただ、風邪をひいただけだよ？　苦しそうにしていたのは熱があるからなのに。

だけど彼は私の手をギュッと握りしめ、もう片方の手を額にあてた。

「お願いだから、心配させないでくれ」

震える声で放たれた言葉。

ちょっと俊也さんってば、心配しすぎじゃない？

「もう、大丈夫ですよ。ただの風邪だと思います。薬を飲んだらすぐ治りますから」

安心させるように笑顔で言うものの、彼の表情は晴れない。

「風邪だって立派な病気だろ？　油断するな」

どうしたんだろう、こんなに心配するなんて。本当にただの風邪なのに。

「胃になにか入れないと薬は飲めないよな。お粥やアイス、ゼリーなども買ってきたんだが、なにか食べられそうか？」

「あ、はい。じゃあお粥をお願いしてもいいですか？　……それとアイスも」

付け足して言うと、少しだけ彼の表情が緩んだ。

「わかった、待ってて」

そう言って彼が出ていったドアを見つめてしまう。

あんなに心配してくれたのは、大切にされているからって自惚れてもいいのかな？　だって普通、あそこまで心配しないよね？

そう思うと余計に熱が上がりそうになり、首を横に振った。

とにかくこれ以上心配かけないように、早く治さないと。

その後、用意してもらったお粥とアイスを食べると、やっと俊也さんは安心してくれた。

薬を飲み、再び深い眠りについた。

――そして。

喉の渇きを覚えて目を開けると、部屋の中は明るかった。どうやら朝のようだ。時間を確認しようとした時、体に感じた重み。

ゆっくりと首を動かすと、ベッドにもたれかかって眠る俊也さんの姿があった。

リビングのソファで眠るって言っていたはずなのに、もしかしてひと晩中そばにいてくれたの……？　きっとそうだよね。彼はワイシャツ姿のまま。ずっとここにいてくれたんだ。

うまく言い表すことのできない感情が、あふれて止まらなくなる。

彼の寝顔を見て、俊也さんは誰かを本気で好きになったことがないのかもしれないとか、〝好き〟と〝愛している〟の違いに思い悩んでいた自分が、バカらしくなった。

なんとも思っていない相手のために、ここまでしてくれる？　……布団もかけずに寒かったよね？　起きたら体だって痛くなっているはず。今日も仕事なのに……。

あたたかい気持ちで胸がいっぱいになる。

ごめんなさいと言いそうになり、唇を噛みしめた。

「……ありがとうございます、俊也さん」

どうしよう、自分の気持ちに気づいちゃった。もう抑えることなんてできないよ。

俊也さんが私に抱く感情は、もしかしたら本当の好きではないのかもしれないし、誰かを好きになる感情を知らないかもしれない。

だけど彼の気持ちがどうであれ、大切なのは自分の気持ちだよね。

真面目で頼りがいがあり、尊敬できる人だった。でも時々イジワルで、笑った顔は意外とかわいくて……。誰かのために尽力し、こうして寄り添ってくれる優しい人。

私は彼のことが好き。……これから先の未来も、ずっとそばにいてくれるならそれだけで十分だよ。

たとえ彼が本当の好きという感情を知らなかったとしても、私が努力をして、こうしてそばにいることができたら、いつか同じ気持ちになってくれるよね。

俊也さんのことが大好き。そう認識した時——。

「……ひめの」

「えっ？」

俊也さん、今、なんて言った？

すぐに彼の顔を覗き込むものの、起きている気配はない。じゃあさっきのは寝言？

それにしても、どうして『ひめの』なんて言ったの？　一度も『姫野』と呼ばれたことなどなかったのに。

不思議に思っていると、俊也さんの瞳からひと筋の涙がこぼれ落ちた。それは初めて見る彼の涙だった。

『勝手に俺の心に入ってこないでくれ』

久しぶりに熱を出したものの、幸い次の日には下がった。ひと晩同じ部屋で過ごした彼にも、風邪がうつることはなくホッとした。

もう大丈夫なのに念のために休んだほうがいいと俊也さんに言われ、一日会社を休んだ。おかげですっかり元気になり、よりいっそう気合いを入れて仕事にあたっている。

あの寝言を耳にした日から、俊也さんにとくに変わった様子は見られない。

強いていえば、ちょっぴり過保護になったかも。少しでも疲れた様子を見せると、すごく心配しているから。

あと、この前約束したこともあって、仕事が早く終わった日や休日は一緒にキッチンに立ってくれている。その影響なのか、料理同様、不器用ながら掃除や洗濯も手伝ってくれるようになった。

ふたりで過ごす時間を、これまで以上に大切にしてくれている気がする。だから私が不安になるような変化はとくになにもない。

それだけに、あの寝言と涙の意味を聞けずにいた。そして、「好き」と告白することも……。

ある土曜日。昨夜はお互い残業だったし、目覚ましをセットせず、ゆっくり寝ていようと考えていた。

「芽衣、起きて」

「んっ……」

体を揺すられて重いまぶたを開けると、すでに着替えを済ませた俊也さんがいた。

「おはよう、芽衣」

「……おはようございます」

目をこすりながら起き上がると、俊也さんは笑顔で言った。

「出かけよう、だから早く準備して」

「……えっ？」

出かけるって……あまりに急すぎない？　昨夜はそんなこと、ひと言も言っていなかったのに。

「この前言っただろ？　今日は一日、恋人らしいデートしよう」

「え、ちょっと俊也さん⁉」

私の返事を聞かず、早く準備をするよう促してくる。あれよあれよという間に出かける準備をさせられ、行き先も告げられないまま家を後にした。

「見て、やっぱり芽衣にそっくりだよ」

「……そうでしょうか？」

うれしそうに、ある動物を指差して言われるものの、複雑な気持ちになる。

都内にある動物園へやって来た。そこで彼が私の手を引き、ゾウやキリンには目もくれず一番に向かったのは、ハリネズミの展示スペースだった。

夜行性のハリネズミは、ほとんどが寝ているけれど、一匹だけ起きていてその愛くるしい顔を覗かせていた。

俊也さんにハリネズミにそっくりだって言われたことがあったよね。顔が似ていると言われたわけではないけど、なんか、どうなの？　ハリネズミにそっくりと言われて、素直に喜んでいいものなの？

ガラス越しにジーッとハリネズミを眺めていると、私の様子をうかがいながら聞いてきた。

「芽衣はさ、今は俺に対して針を出していない？」

「えっ？」

ハリネズミから俊也さんに視線を向けると、どこか不安げに私を見ていた。

「結婚する前に比べたら、少しは心を開いてくれていると自惚れてもいい？」

プロポーズされた日のことを思い出した。そういえば俊也さん、私が距離を縮めようとする相手を警戒して、それ以上近づけさせないところが、ハリネズミにそっくりだって言っていたよね。

以前の私は、玲子以外の人とはどこか距離を取っていたけれど……。

チラッと私の答えを待つ彼を見る。

私の中で俊也さんの存在は、確実に大きくなっていて、日に日に好きって気持ちが育っている。

「……俊也さんに針なんて出していませんよ」

恥ずかしさを押し殺して伝えると、俊也さんはうれしそうに笑うものだから胸がギュッと締めつけられて苦しくなる。

「そっか、それはよかった。じゃあ次は、家族……お母さんに針を出さないことを目標にしないとだな」

「お母さんに、ですか？」

「あぁ」

俊也さんはそっと私の手を握った。

「言っただろ？　いつかお母さんとも本当の家族になってほしいって。……赤の他人だった俺とだって、こうして少しずつ距離を縮めることができているんだ。お母さんとだってそれができるはずだと思わないか？」

それはそうかもしれないけれど……。簡単なことではない。俊也さんとお母さんとでは違うもの。

「でもお母さんは私のこと嫌いだと思いますし……難しいと思います」

最初からお母さんに嫌われていることは知っているけど、自分で言って悲しくなる。

「そうか？　挨拶に伺った時、お母さんは芽衣のことをとても大切にしているように見えたけど？　でなかったら俺に、芽衣をよろしくお願いしますって頭を下げないと思わないか？」

「そう、なのでしょうか」

私はそう思えない。だって俊也さんが挨拶に来てくれたんだもの。親としてよろしくお願いしますって言っただけであって、心の中では、私が久我家を出ることにホッとしていたのかもしれない。

――なんて、ひねくれたことを考えていると、俊也さんはさらに私の手を強く握りしめた。

「そうだよ、絶対に。お母さんの芽衣を見る目は優しかったから。……今はまだお母さんと向き合う勇気は出ないかもしれない。だからさ、まずは俺と本当の家族になることから始めないか？」

「俊也さんとですか？」

「そう。俺と家族になってふたりで立ち向かえばいい。ひとりより、ふたりのほうが心強いだろ？　これから先の人生は長いんだ。少しずつでいい、些細なことから話してみたらどうだ？　その時、俺もそばにいるから。……ふたりでいろいろな問題を乗り越えていこう」

彼の言葉がうれしくて、胸がいっぱいになる。

なにがあってもお母さんとは、この先家族になることはできないと思っていた。でも願ってもいいのかな？　お父さんとお兄ちゃんだけじゃない、お母さんとも本物の家族になれる日がいつかくるって。

俊也さんがそばにいてくれたら、私は強くなれる気がするから。

この気持ち、伝えたいな。……うん、告白するのは今じゃないかな。

ドキドキしながらタイミングをうかがっていると、先に彼が口を開いた。

「さて、そんなわけでまずは俺との仲を深めようか」

「えっ？　あっ！」

彼は私と手をつないだまま、ほかの動物の展示スペースへと向かった。

告白するタイミングを逃してしまい、ちょっぴり残念に思うものの、ふたりでかわいい動物の仕草に笑い合い、いつの間にか楽しんでいる自分がいた。

それにこういうことは、焦らずにしっかり伝えたほうがいいよね。

そう自分に言い聞かせて動物園を満喫していたんだけど……。

「ほら、芽衣。早くあげないと」

「わ、わかってます……！」

私たちが今いる場所は、草食動物エリア。そこで羊への餌やり体験をしているんだけど、「めぇー、めぇー」鳴きながら近づいてくる羊が怖い。もこもこでかわいいのに、囲まれると本当に怖い！

どの子に餌をあげたらいいのかわからず、アワアワしながら囲まれている私を見て、俊也さんは声を出して笑っている。

「おなかが空いてるんだよ。焦らしたら可哀想だぞ?」

「焦らしているわけではないんです! ……わっ⁉」

いつまでもあげられずにいたら、痺れを切らした一匹の羊が私の手から餌を奪った。

その瞬間、よりいっそう羊たちが距離を縮めてきて、私は無我夢中で残っている餌を渡していった。


羊の餌やりを終え、次の展示スペースへ向かっているものの、彼はいまだに声を押し殺して笑っている。

笑いすぎじゃない? こっちは本気で怖かったというのに。

「……もう、俊也さん。いつまで笑っているんですか?」

文句を言うと「悪い」なんて言いながら、まだ笑いはやまない。

「こんなに笑ったの、久しぶりだよ」

「……それはよかったですね」

頬を膨らませてとげとげしい声で言うと、俊也さんはお詫びにソフトクリームを買ってくれた。

ベンチに並んで座り、私はチョコレート味、俊也さんはバニラ味を食べていると、急に彼は顔を近づけてきた。

「ひと口ちょうだい」

「え……あっ！　ちょっと俊也さん？」

私のソフトクリームを食べて、彼は満足げ。

「ひと口が大きくないですか？」

「いやー、芽衣がおいしそうに食べているから食べたくなって。……芽衣も食べる？」

そう言って自分の分を差し出す俊也さんに躊躇する。

えっと……ここは素直にひと口もらってもいいの？　でも周囲には人がたくさんいるし、バカップルだって思われない？　いや、意外とみんな見ていないのかもしれないけれど……。

「食べてみて、バニラもおいしいから。それに大丈夫、誰も見ていないよ」

そう、だよね。べつに周りの目を気にすることないよね。旦那さんからひと口もらうだけだし。それにバニラもちょっと食べてみたい。

羞恥心を捨ててひと口もらうと、勢いあまって鼻についてしまった。

「芽衣ってば、なにやってるんだよ」

俊也さんに笑われて、恥ずかしくて顔が熱くなる。

拭こうとバッグの中のティッシュを探していると、鼻先に触れたやわらかい感触。

「……ん、とれた」

顔を上げると自分の唇についたアイスを親指で拭い、満足げな俊也さんがいて、やっと状況が理解できた。鼻についたアイスを彼が舐めたのだと。

し、信じられない……！　普通舐める？　周りに人がたくさんいる状況で！　これはさすがに周りの目が気になるよ。

言葉にならず心の中で訴えていると、私が言いたいことを察したのか、俊也さんはニヤリと笑った。

「そんなに照れることとか？　夫婦なんだから普通だろ？」

「普通じゃありませんから！」

ムキになって言い返すと、彼はまた声をあげて笑う。

あぁ、またからかわれたんだ。もう何度も同じ経験をしているというのに、私ってば学習能力がなさすぎる。……でも、無邪気に笑う俊也さんを見ていると、怒りも自然と消えていく。

私……俊也さんの笑った顔、好きだな。笑うと優しい顔というか、かわいい顔になるんだよね。このままずっと隣で見ていたくなる。

彼の笑顔を見ながら、さっき言われたことを思い出した。

今のようにふとした瞬間に感じた気持ちを、どんな些細なことでもいいから俊也さんに伝えるべきじゃないかな。

お母さんにはもちろん、彼にもそうやって素直な気持ちを少しずつ伝えていけばいい気がする。

だけどいざ言おうと思うと、どう切り出したらいいのやら……。さっきの告白同様、タイミングが掴めず、黙々とアイスを食べ進めることしかできない。

「よし、じゃあ残りも見て回ろうか」

結局言えずに食べ終わってしまった。だけどガッカリしている私に差し出された大きな手。

「行こう、芽衣」

――うん、慌てなくてもいいよね。だって俊也さんとはこれから先の未来も、ずっと一緒にいられるのだから。

まずは大きくて温かな手を迷いなく掴もう。

「はい！」

私も手をつないで歩きたいと意思表示するように、強く握り返した。

満喫した動物園を後にしたのは、十二時半過ぎ。次に彼が私を連れて向かった先はショッピングモールだった。

そしてお昼を食べるため、フードコート内にやって来た。それはちょっぴり意外だった。私は学生時代から今も玲子とたまに来ているけど、俊也さんには似つかわしくない場所な気がするから。

「たまにはこういうところで食事もいいだろ？　……それともやっぱり、どこかレストランとかがよかったか？」

「いいえ、そんな！　むしろ好きです。安くておいしいご飯がいろいろ食べられるので。なにを食べるか迷っちゃいます」

私の話を聞き、彼はホッとした顔を見せた。

「せっかくだからシェアしようか」

「いいですね」

食べたいものを買って、半分ずつ分けて食べる。それから店内を見て回り、お互いに似合いそうな服を選んだりして、楽しいひと時を過ごしていく。

なんか高校生みたいなデートに、甘酸っぱい気持ちになる。

手をつないで歩いていると、俊也さんが不安そうに聞いてきた。

「楽しい？」

「はい、とっても。……こういうデート、好きです」

あまりに楽しくて素直に思ったことが口をついて出た。すると俊也さんは優しく微笑む。

「よかった。……俺もこういうデート好き。楽しいよな。……それに今日はよく笑ってくれて、自然体の芽衣が見られてうれしいよ」

「俊也さん……」

私を見る彼の目がとにかく甘くて、恥ずかしい気持ちでいっぱいになる。耐え切れなくなり周囲に目を向けた。

「あっ、俊也さん！　映画見ませんか⁉」

グイグイと彼の手を引いて映画館前に向かう中、クスリと笑われてしまった。恥ずかしい気持ちでいっぱいなのが、バレバレなのかもしれない。

かと言って今さら引き返すこともできず、貼られている上映中の作品ポスターを見る。

アニメや恋愛、学園もの……と、様々なジャンルの映画が上映されている。ちょうど上映が始まる映画はどれだろうか。

時間を見ながら探していると、俊也さんがある作品のポスターをジッと見つめていた。それは公開されたばかりの、絶対泣けると噂の話題作。

「その映画、見ますか？　たしか余命三ヵ月の彼女と、婚約者の実話をもとにした作品でしたよね？」

てっきり見たいのかと思い聞いたものの、彼は首を横に振った。

「いや、大丈夫」

そう言いながら、俊也さんはいまだに映画のポスターを見つめたまま。

もしかして出演している俳優が好きだけど、悲しい話だから見るのを躊躇しているとか？

彼の横顔を見つめながら、あれこれ想像してしまう。すると俊也さんはゆっくりと口を開いた。

「芽衣はさ、この映画の中の主人公の立場になったらどうする？」

「えっ？」

ポスターから私に視線を向けた俊也さんは、真剣な面持ちで言った。

「もし、好きな人を残してこの世を去らなくてはいけないとわかったら、芽衣ならどうする？」

急にこんなことを聞いてくるなんて、俊也さんどうしたんだろう。でも彼は私の答えを待っている。だから考えてみるものの……自分が死ぬ未来なんて、まだ想像さえできない。

「正直、すぐには答えが出ません。……でも今でもよく、ふとした瞬間に亡くなったお母さんの気持ちを考える時があるんです」

「お母さんの？」

「……はい」

お母さんは自分の命が短いことを受け止め、私にすべてを打ち明けてくれた。きっと自分がいなくなった後の私の未来を考えてのことだったと思う。

「人はどんなにがんばってもいつか命が尽きますよね。突然命を落とすこともあります。事故に巻き込まれたり、震災に見舞われたり……。そう思うと、お母さんのように自分の命の期限がわかっているのは、ある意味幸せだったのかなって思うんです」

口を挟むことなく相槌を打っている俊也さんに、自分の考えを伝えた。

「お母さんは亡くなるまでの間、この世を去る準備をしていたんだと思います。……残されたほうは、別れの瞬間が近づいているのが実感できてつらかったですけど、お母さんのいない未来を生きていく覚悟はできました」

日に日に弱っていくお母さんの姿が、見て取れたから。

「だから私が映画の中の主人公の立場に立ったら、好きな人が幸せに生きていけるよう尽力すると思います。それと、残された好きな人との幸せな時間をめいっぱい楽しみます！」

――とは言うものの、正直なところはどうだろう。……理想はそうでありたい。でも実際に自分の余命を知り、好きな人と同じ未来を進めないとなったら、同じことが言えるだろうか。

ふと、隣に立つ彼を見つめてしまう。

映画の中の主人公が私と俊也さんだったら、きっと……。

「芽衣……？」

私が急に黙り込んだので、彼は様子をうかがうように私の名前を呼んだ。

「だけどやっぱり、死にたくないです。好きな人には幸せになってほしいけど、私がいなくなってもずっと好きでいてほしい。好きな人の幸せを心から願うことは、できないかもしれません。……だから自分のいない世界で生きる好きな人の幸せを願えるのは、とっても強い人だと思います」

つい本音を打ち明けた私に、彼は苦しげに顔をゆがめた。

「そう、だよな。……俺も芽衣と同じ。自分のことより、残された相手の幸せを願えることは、すごいことだと思う」

そう言うと彼は再びポスターを見つめた。

思うがまま自分の想いを伝えたけれど、そもそもどうして急に俊也さんはこんなことを聞いてきたんだろう。さっきまでと様子も違うよね。

聞きたいのに聞けず、様子をうかがっていると、再び彼は口を開いた。

「芽衣は死後の世界があると思う？」

「死後の世界ですか？」

「あぁ。……人が死んだら向かう世界があって、お母さんもそこにいると思うか？」

すがるように聞く姿は、いつもの俊也さんらしくない。戸惑いながらも自分の考えを口にした。

「どうでしょう……。それは本当に死なないとわからないことだと思います。だからこそ生きている私たちは、亡くなった人が見守ってくれている、生まれ変われるはずと、自分たちのいいように考えて、大切な人の死を受け入れ、前向きに生きていけるのではないでしょうか？」

少なくとも私がそうだから。亡くなったお母さんは、今もずっとそばにいて、見守ってくれていると信じているから。

途端に口ごもる彼に、たまらず聞いた。

「あの、もしかして俊也さんの身近な人で、その……同じ状況の人がいるんですか？」

友人とか親戚とか、会社関係の人でまさに映画のような状況の人がいるの？　だって俊也さん、いつもと様子が違うもの。

複雑な表情になる俊也さんに確信を得る。やっぱり身近にいるんだって。彼の気持ちを考えると見ていられなくなり、思いつくまま言葉に口にした。

「たっ、頼りないですけど、私でよかったら話聞きますよ？　……私だってたまには俊也さんの役に立ちたいですから」

「芽衣……」

俊也さんは仕事でもプライベートでも、いつも私の力になってくれている。本当、私ばかり甘えちゃっているよね。私はなにひとつ彼に返せていない。

だからこそ私だって少しでも役に立ちたい。好きな人が悲しんだり、悩んだり、苦しんでいたら力になりたいから。

その思いで精いっぱい伝えると、俊也さんは顔を綻ばせた。

「ありがとう、芽衣。……ごめんな、心配させて。違うんだ、ほら……最近さ、芽衣が風邪をひいただろ？ ……芽衣はがんばり屋だから、自分の体調の変化に気づかず、いつか俺を置いて先に逝ったりしないか心配でさ」

まさか俊也さんは、私と自分を映画の中のふたりに重ね合わせていたの？

思いがけない話に目を瞬かせてしまう。……でもそんな心配、杞憂だよ。

「私は絶対に俊也さんを残して、先に逝ったりしないですよ？」

「えっ？」

少しでも私の気持ちが届いてほしい。その思いで驚く彼の手をギュッと握り返した。

「こうして休日に出かけたり、ふたりでこの先の長い人生を過ごしていこうって言ってくれたじゃないですか。それに年齢的には俊也さんが私を残して逝く確率のほうが高いですよ？ ……何十年後かの未来、私はしっかり俊也さんを看取ってからこの世を去りますから、今からそんな心配しないでください」

なんて言いながら、まだまだ遠い未来の話に、つい笑みがこぼれてしまう。

俊也さんがそんなにひとり残されることを心配するなら、私は絶対にあなたより先にいなくならない。

「少しは安心できましたか？」

なにも言わない彼の顔を覗きながら聞くと、視界いっぱいに俊也さんの顔が迫る。

「んっ……！」

不意打ちのキスは、目を閉じることができなかった。唇が離れた後も呆然と彼を見つめるしかできない。

い、今キスしたよね？　その証拠に周囲から「キャー」「さっきキスしたよね？」なんて声が聞こえてくる。

びっくりする私に、俊也さんは照れくさそうに言った。

「さっきのは芽衣が悪い。……あんなこと言われたら、場所も忘れてキスしたくなる」

開き直りともとれる発言に、体中が熱くなる。すると俊也さんは足早に歩きだした。

「え、俊也さん⁉」

あまりに彼の歩くスピードが速くて、足がもつれそうになる。それでも必死に俊也さんの背中を見つめながらついていく。

あっという間に駐車場に着き車に乗ると、俊也さんは車を発進させた。

どうしたんだろう、俊也さん。なんか余裕ない……？

様子をうかがっているとちょうど信号が赤に変わった。

「早く家に帰ろう。……家に帰って、思いっきり芽衣を抱きしめたい」

「……えっ⁉」

ドキッとするようなことを言うと、俊也さんは身を乗り出し、私の頬にそっとキスを落とした。

そして何事もなかったかのように車を走らせていく。

えっ……えっ⁉ 俊也さん、どうしちゃったの⁉ いや、これまでも何度か強引にキスをされたことがある。……あるけど、今の彼はいつもと少し様子が違う気がしてならない。

宣言通り彼は、家に入るなり玄関先で思いっきり私を抱きしめた。まるで私の存在を確かめるように、苦しいくらいに。

好きな人に抱きしめられて幸せな気持ちに包まれる。だけどらしくない俊也さんが心配で、そっと彼の名前を呼んだ。

「……俊也さん？」

しかし返事はない。本当にどうしちゃったんだろう。

少しすると、俊也さんは私を抱きしめたままささやいた。

「芽衣を好きになればなるほど、怖くなる」

「――え」

どういう意味？ 好きになればなるほど、怖くなるなんて……。でも本当なの？

俊也さんは私のこと、怖くなるほど好きになってくれているの？　それは本心？

複雑な気持ちになっていると、ゆっくりと離された体。俊也さんの大きな手が私の頬を優しく包み込む。

顔を上げると、今にも泣きそうな顔で私を見る俊也さんがいた。

「これ以上好きにさせられたら困る」

「……それはどういう意味でしょうか？」

そもそも俊也さんは、本当に私のことが好きなの？　でもたとえそうだったとしても、これ以上好きにさせられたら困るってどうして？

疑問が膨れる中、俊也さんは笑顔を見せた。

「なんて、な。ごめん、今のは忘れて。……さて、今夜もふたりでなにか作ろうか。芽衣に手料理が振る舞えるくらい、早く上手にならないとな」

「えっ、あっ……！」

俊也さんはくるりと背を向けてキッチンへ向かう。

さっきのはなに？　忘れてくれってことは、べつにたいした意味などないの？　でも俊也さん、映画館の時から様子がおかしかったよね？　やっぱりなにかあったんじゃないだろうか。

そう思うのに一緒に夕食を作る俊也さんはいつも通り。この日のことはもちろん、あの時寝言を言いながら涙を流したことについても、私は聞くことができなかった。

その後も俊也さんはいつも通りで、なにひとつおかしい様子はなかった。時間が経つにつれて私の考えすぎのような気がしてきた。

身近に余命わずかな人がいたら、俊也さんならもっと悲しんでいるだろうし、寝ている時に涙を流したのは、もしかしたら悲しい夢を見ていて、あの寝言だってとくに意味はないのかもしれない。

それより早く自分の気持ちを伝えることが先決と思い始めた矢先、俊也さんは一週間の出張に出かけていった。

「久しぶり、芽衣。元気だったか？」

「……お兄ちゃん」

玄関のドアを開けたらお兄ちゃんがいて、顔が引きつる。

「俊也は昨日から一週間、出張なんだろ？　ひとりで寂しいと思って」

「ありがとう。……えっと、上がるよね？」

「もちろん」

即答するお兄ちゃんを、家に招き入れた。

「連絡をもらった時はびっくりしたよ。急に来るなんて」

お兄ちゃんをリビングに案内し、コーヒーを淹れながらチクリと嫌みを言う。仕事を終えて家に帰っている途中で電話がかかってきて、『今から家に行く』なんて言うんだもの。

ひとりだから簡単に済ませようと思っていたのに、お兄ちゃんが来ると聞き、もしかしたら夕食を食べていくかもしれないと思い、急いでスーパーに駆け込んだ。私が帰ってきたのもついさっきだ。

「いやー、今日は仕事が終わらず行けないかと思ったんだが、予定していた会議が早く終わってな。それに俊也から出張に出ている間、芽衣のことを頼むと言われていたから」

「え、俊也さんが？」

コーヒーを注いだカップをふたつ持ってリビングに行き、お兄ちゃんに渡した。

「ありがとう」

受け取ると、お兄ちゃんはおいしそうにコーヒーを飲む。そんな彼の隣に私も腰掛けた。

「相当あいつは芽衣にベタ惚れだな」

「……っ⁉　なに言ってっ……！」

よかった、コーヒーを飲んでいなくて。思わず噴き出すところだったよ。

カップをテーブルに置きお兄ちゃんを見ると、ニヤニヤしていた。

「まぁ、芽衣と結婚したんだ。ベタ惚れじゃなかったら許さなかったけどな。……出張の三日前に連絡してきた時は、笑ってしまったよ。あの俊也が芽衣にここまで過保護になっているとは、少々意外だったからな」

それはきっと、私と結婚する前の彼の女性関係を言っているんだよね？

「どうだ？　俊也はちゃんと芽衣に優しくしてくれているか？」

私の様子をうかがいながら聞いてきたお兄ちゃんに、照れながらもうなずいた。

「……うん。すごく優しいよ。この前もね、私が風邪をひいちゃった時にひと晩中看病してくれたの。それに家のことも協力してくれるし、休日は私との時間を大切にしてくれてる」

するとお兄ちゃんは真剣な面持ちで聞いた。

「芽衣。……お前は今、幸せか？」

「……うん」

彼の気持ちは正直わからない。でも私はこうして大好きな人のそばにいることができて、大切にされているのがわかるから胸を張って幸せだと言える。

「大変だけど好きな仕事を続けることができて、その……好きな人と結婚することができて、私は幸せだよ」

「芽衣……」

まだ本人に好きと伝えていないから、ちょっぴり照れる。でも心配してくれているお兄ちゃんには、正直な気持ちを伝えたかったから。

「俊也は俺に代わり、芽衣をすべてのことから守ってくれそうか……？」

「えっ？」

瞳を揺らし聞かれた質問に心が乱れる。

もしかしてお兄ちゃん、私が一度だけ出席した社交の場で、心ない言葉を言われたことを知っている？　話していないのに……。

いや、知っていて当然か。きっとお兄ちゃんの耳にも入っているよね、私が『愛人の子』と呼ばれていたことが。もしかしたら今も言われているかもしれない。

なにも言えずにいると、お兄ちゃんは悲しげに目を伏せた。

「俺は芽衣にこれ以上、つらく悲しい思いをさせたくない一心だった。だから社交の場に芽衣を何度も連れていこうとした父さんを必死に止めていたんだ」

そう、だったんだ。じゃあお兄ちゃんはやっぱり知っていたんだね。

初めて出席して以来、お父さんに行こうと言われなくなったのは、お兄ちゃんのおかげだったんだ。

「でもそれは間違っていると俊也に言われたんだ。芽衣はなにも悪いことはしていないのだから、堂々とさせるべきだって」

「俊也さんが……？」

思わず聞き返すと、お兄ちゃんはゆっくりうなずいた。

「俺の愛は、本当の愛じゃないって言われた。芽衣のことが大切なら、久我の家に生まれた運命を受け入れ、真っ直ぐ前を向いて歩んでいけるようにさせるべきだと。……あいつが言うと説得力があるな。考え方を変えさせられたよ」

そう言うとお兄ちゃんは、再び私を見つめた。

「そんなあいつだから、俺は芽衣の結婚相手として認めたんだ。……それに俊也は一途だからな」

意外な話に目を瞬かせる私に、お兄ちゃんはクスリと笑った。

「俊也ほど一途なやつはいないぞ？　……だから芽衣が幸せだと感じているなら、なにも心配することはないいな。父さんと母さんも安心するだろう」

両親の話にドキッとなる。

だってお母さんが安心するなんて、あり得ないでしょ？　最初から私のことなんて、なにひとつ心配などしていないはず。

膝の上でギュッと手を握りしめると、お兄ちゃんが思い出したようにカバンの中からある紙袋を取り出した。

「そうだ、母さんに頼まれていたのにすっかり忘れてた」

私に差し出されたのは、よく飲んでいる好きな紅茶専門店の袋だった。

「これ……？」

お兄ちゃんと袋を交互に見てしまう。

「母さんから。俺が家に様子を見にいくと知って、芽衣が好きな紅茶をわざわざ買いにいったみたいなんだ」

「嘘、お母さんが？」

信じられなくてまばたきさえできなくなる。だってお母さんがわざわざ私のために買ってきてくれたなんて……そんなこと、あるわけないよ。

「本当だぞ？　母さんは不器用な人だから、わかりにくいかもしれないが……。昔から誰よりも芽衣のことを心配していたのは母さんだ」

「……まさか」

思わず漏れた本音。だってそんな……。

出会った日から今日までの、お母さんの私に対する言動が脳裏に浮かぶ。

やっぱり信じられないよ。お母さんはずっと私に冷たかった。でもそれは仕方ないことだと思っていた。私はお母さんの本当の娘ではないのだから。

でもお兄ちゃんが手にしているのは、たしかに私の好きな紅茶。おもむろに受け取り中を見ると、一番好きなフレーバーだった。

「仕事が落ち着いたら、ゆっくり顔を見せにこい。……その時、母さんに直接聞いたらいい」

お兄ちゃんはそれ以上なにも言わず、優しく私の頭をなでた。

本当なのかな、お母さんが私の心配をしてくれていたなんて。だけどお兄ちゃんが私に嘘をつくはずないよね？　じゃあ本当なの？

俊也さんが言っていたように些細なことから、少しずつでもいい。お母さんと一度、ふたりで話すべきなのかも。

いつまでも逃げてばかりいては、だめだと思うから。俊也さんと結婚した以上、これから先もなにかと顔を合わせる機会があるはずだし。

「あの、お兄ちゃん」

「ん？　どうした？」

「お母さんに、紅茶ありがとうって伝えてくれる？　……それと今度、帰った時に話をしたいって」

「芽衣……」

勝手に嫌われていると思っていたけれど……本当は違った？　わからないからこそ、ちゃんと聞いてみたい。

それにたとえ嫌われていたって、今の私には俊也さんがいる。彼の存在で私は強くなれるから。

「わかったよ、母さんに伝えておく」

次の瞬間、思いっきり髪をなでられた。

「わっ⁉　ちょっとお兄ちゃん？」

乱れた髪を整えながらジロリと睨むと、お兄ちゃんは白い歯を覗かせた。

「どれ、俊也もいないし飯でも食いにいくか」

「え、いいよ。よかったら私がなにか作るよ」

立ち上がったお兄ちゃんに言うと、目を見開いた。

「芽衣が俺のために手料理を振る舞ってくれるのか？」

「たいしたものは作れないけど、それでもよければ」

せっかく材料を買い揃えたし、それにお互い明日も仕事なのに、今から行くとなると帰りが遅くなっちゃうもの。

その思いで言うと、途端にお兄ちゃんは目をウルウルさせた。

「まさか芽衣の手料理が食べられるなんて……！　俺、明日には死んでもいい」

「大袈裟な……。ちょっと待ってて、すぐ用意するから」

お母さんからもらった紅茶を持ってキッチンへ向かい、さっそく料理に取りかかったものの、カウンター越しにこちらをジーッと見つめるお兄ちゃんが気になる。

「お兄ちゃん、非常にやりづらいんだけど」

「いやいや、芽衣の料理を作る姿なんて貴重だからな。しっかり目に焼きつけておかないと。……ん？　ちょっと待て。まさか俊也は毎日芽衣の手料理を食べているのか？」

「……そうだけど」

答えるとお兄ちゃんは怒りを露わにした。

「俊也の分際で生意気な……！　俺なんか今日初めて食べるのに」

そういえば私、家族に手料理を振る舞うのはお兄ちゃんが初めてかもしれない。久我家には家政婦さんがいて、食事はすべて用意してくれていたから。

「あーあ、俊也は幸せだな。かわいい芽衣をお嫁さんにできて、一緒に暮らしているだけではなく、手料理まで食べられるんだから」

子供みたいに拗ねるお兄ちゃんに、苦笑いしながら野菜を刻んでいく。

するとお兄ちゃんは頬杖をつきながら、私に尋ねた。

「俊也がいない今だからこそ、あいつのことで俺に聞きたいことあるか？」

「――え？」

思わず手が止まり、お兄ちゃんを見つめる。

「付き合いは俺のほうが長いしな。それに俊也のことなら、誰よりも一番知っている自信がある。どんなことでも聞いてくれ」

どんなことでも……？

不意に頭をよぎったのは、私を看病してくれた次の日の朝、彼がこぼした寝言と流したひと筋の涙。それと映画のポスターを見てからの言動。

私の思い過ごしだと思っていたけど、本当は違ったりする？　お兄ちゃんなら、もしかしてなにか知っているのだろうか。

私になにか質問されるのを、期待しながら待つお兄ちゃんに聞こうと思ったものの、思い止まる。

私の考えすぎだったら、お兄ちゃんに余計な心配をかけちゃうよね。

「えっと……じゃあ、お兄ちゃんと俊也さんはどうやって友達になったのか、教えてほしいな」

「いいぞ、いくらでも話してやる」

その後、お兄ちゃんと俊也さんの出会いから友達になるまでの話を聞きながら料理を完成させ、お兄ちゃんは「おいしい」と泣きながらすべて完食した。

食後はお母さんからもらった紅茶をふたりで飲み、二十二時半過ぎに名残惜しそうに、お兄ちゃんは帰っていった。

片づけを終えスマホを見ると、俊也さんからメッセージが届いていた。

【昴が来たんだって？　自慢げに芽衣の手料理を食べたと聞かされたよ。お疲れさま】

絵文字ひとつない、男の人らしいメッセージ文。だけど労《ねぎら》いの言葉に頬が緩む。

現実の俊也さんはこんなに優しいもの。気にすることなく、私も早く気持ちを伝えるべきだよね。

「楽しい時間でした。俊也さんこそお疲れさまです。……と」

声に出しながらメッセージ文を打ち込んでいくものの、途中で手が止まる。

【帰ったら、話したいことがあります】

打ち込んだ文字を消していく。

告白フラグすぎる？　いや、でも宣言しておかないと、いつまで経っても私、言えない気がするし……。

迷いに迷いながら、再び同じ文を作成して思い切って送信した。

「送っちゃった」

でも好きって伝えたいもの。だったらこれでよかったんだよ。

するとすぐに届いた返信メッセージ。そこには【わかった。じゃあがんばって早く帰る】と書かれていた。

それを見て笑みがこぼれる。

出張から戻ってきたら、おいしい料理をたくさん作って出迎えて、そして好きって伝えよう。

その時のことを考えながらこの日は眠りについた。

次の日からも仕事に追われ、気づけば俊也さんが出張から帰ってくる前日になっていた。

定時を過ぎて少しするとスマホが鳴った。

「誰だろう」

もしかして俊也さん？　なんてドキドキしながら確認すると、電話の相手は玲子だった。

どうしたんだろう、なにかあったのかな。

不安になりながらオフィスを出て電話に出ると、陽気な声が届いた。

『お疲れ、芽衣。突然だけど今夜、空いてない？』

「お疲れ。本当に突然だね。悪いけど今夜は無理かな」

あと少ししたら帰れそうだけど、その分明日は仕事がたくさんあって早く帰れそうにない。だから今夜のうちに明日の料理の買い出しや下準備をしておきたいから。

理由を説明すると、玲子は『フフフ』と笑った。

『それじゃ仕方ないわね。……好きって気づいたのに、なかなか告白しないから今夜、活を入れてやろうと思ったの。結婚していることに安心して好きって言わずにいたら、門脇部長を誰かに奪われちゃうよって。彼って結婚してもモテてるようだし』

「不吉なことを言わないでよ」

そうなんだよね、俊也さんは私と結婚した後も密かに人気がある。

それにタイミングよく一週間出張でいないし。ないと信じているけど、出張先で誰かに言い寄られたりしていないよね？

不安を煽られていると、玲子は『ごめん』と謝った。

『でも明日告白するって聞いて安心した。早く本当の意味で夫婦になれるといいね』

「……うん、ありがとう」

また今度、ゆっくり食事に行こうと約束をして通話を切った。

俊也さんに好きって伝えたら、玲子に一番に報告しないとね。そのためにも早く仕事を終わらせて帰ろう。

オフィスに戻り、急いで仕事を再開し、終わったのはそれから三十分後。残っている同僚に挨拶をして退社した。

玄関へ向かいながら、明日なにを作るか考える。

これまで作った中で、とくにおいしいって言ってくれたものを作ろうかな。できればデザートも作りたいよね。意外と俊也さんって、甘い物が好きみたいだし。

アレコレ考えながら正面玄関を抜けたところで、声をかけられた。

「姫野芽衣さん、でしょうか？」

名前を呼ばれ足を止める。そのまま声がしたほうへ視線を向けると、私と同い年くらいの綺麗な女性が立っていた。

さっき私の名前を呼んだよね？　だけど彼女が誰だかわからない。

「……はい」

戸惑いながらも返事をすると、彼女は意味深なことを言った。

「初めまして。突然すみません。私、茂木《もてぎ》と申します。あなたに彼……俊也さんのことでお話ししたいことがあるんです。少しお時間いただけませんか？」

ドクンと鳴る胸の鼓動。

なんだろう、どんな話？　でも彼女、茂木さんから敵意は感じられない。だからといって、言われるがままついていってもいいのかな。面識がまったくない相手なのに。でもどんな話なのか気になる。

迷っていると、彼女は懇願した。

「あなたのためにお話ししたいことなんです。少しお時間いただけませんか？」

俊也さんのことで話があるってことは、もしかしたら彼と以前交際していた人なのかもしれない。

そんな人が私に話したいことって、いったいなんだろうか。

応じていいものかと不安を残しながらも、茂木さんの切実な様子を見て承諾した。やっぱり気になるから。

そして彼女の後について、会社近くにあるカフェに入った。

それぞれコーヒーを注文し、それが運ばれてくるとやっと彼女は口を開いた。

「突然お伺いしたにもかかわらず、お時間いただきありがとうございました」

「いいえ、そんな」

丁寧に言われると、恐縮してしまう。

見た感じ、育ちがよさそうだし……もしかしてどこかの社長令嬢だろうか。そんなことを考えながらコーヒーをひと口飲む。

するとずっと口を閉ざしていた彼女が話しだした。

「私は一年ほど前まで、俊也さんと交際していた中のひとりです」

一年ほど前ってことは、私が本社の商品部に異動してきた頃だ。そっか、予想はしていたけど、やっぱり俊也さんと付き合っていた人だったんだ。

彼のプレイボーイぶりは知っていたけれど、実際に交際していた人が目の前に現れると、驚くほどショックを受けている自分がいた。

なにも言えずにいる私に、彼女は続けた。

「彼とは五年ほど交際していました。俊也さんがどんな人なのか、少しは理解しているつもりです。だからこそ彼がどんな相手と結婚したのか気になって……。それに知らないなら伝えたいことがあるんです」

「伝えたいこと、ですか?」

思わず聞き返すと、茂木さんは首を縦に振った。

「俊也さんは私と付き合っていた時、私以外の女性とも関係を持っていたんです」

「そう、ですか……」

来る者拒まず、去る者追わず。それが俊也さんだったんだよね? そんな彼だもの、複数の女性と関係を持っていてもおかしくない。

しかし、どうして彼女はいきなりそんなことを言いにきたのだろうか。私が知らずに俊也さんと結婚したと思い、わざわざ注意勧告しにきたの?

茂木さんの真意が読めない。

「私はそれを知った上で彼との関係を続けていました。彼は優しくて、一緒にいると自然と安らげる人だったから」

どこかうれしそうに話す茂木さんの姿に、胸がズキッと痛む。

俊也さんが優しい人だってことは、ずっと知っていたこと。会社でも誰に対してもそうだし。

だけど過去とはいえ、自分以外の女性に彼が優しく接したのかと思うと、醜い感情に支配される。

「俊也さんを知れば知るほど、好きになっていきました。……そんな時、知ってしまったんです。彼は相手が誰だろうと、もう二度と本気で愛することができない人だと」

「……どういうこと、でしょうか？」

意味深なことを言う茂木さんに、心臓が暴れだす。

二度と愛することができない人って、どういう意味？　ただ単に、誰かを本気で好きになったことがないだけじゃないの？

「その様子だと、あなたは知らなかったようですね。……会いにきてよかった」

そう言うと彼女はコーヒーを飲み、真っ直ぐに私を見つめた。

「俊也さんには、生涯忘れられない女性がいます。これから先もずっと、彼の心はその女性だけのもの。……あなたは言われませんでしたか？　好きにはなれるけど、愛することはできないって」

言われてからずっと頭の片隅にあった言葉を持ち出され、心がざわつく。

「あのっ……！　生涯忘れられない女性がいるってどういうことですか？　彼は人を好きになることはできても、誰かを愛する気持ちがわからないだけではないんですか？」

私が聞いたら彼はうなずいたよね？　だから私は、もしかしたら俊也さんは人を好きになる気持ちがわからないのかもしれない、本気で好きになれる人に出会ったことがないのかもしれない、と思っていた。……思っていたけれど、違ったの？

彼女から視線を逸らせずにいると、切なげに瞳を揺らした。

「さすがに結婚するあなたには彼……本当のことを伝えなかったようですね。俊也さんは誰よりも人を愛する気持ちを知っていますよ？」

嘘、そんな……。じゃあ俊也さんはあの時、私に嘘をついたってことだよね？　だけどなんで……。

唖然とする私に、彼女は続けた。

「私は告白した時に言われたんです。……自分の心は一生ひとりの女性のものだって。

それでもいいなら、よろしくって」

一生ひとりの女性のもの……。

彼女の言葉を心の中で復唱してしまう。

「私は彼を心から愛してしまったから、自分のものにならないなんて耐えられなくなり、自ら別れを切り出しました。……あなたたちの結婚に愛はなく、割り切った関係ならなにも言いません。だけどもし、恋愛感情を抱いているなら気をつけて。本気になったらだめ。……あなたが傷つくだけですよ」

さっきからずっと頭の中が混乱している。でも彼女が嘘を言っているようには見えない。

じゃあ本当なの？　俊也さんは誰よりも人を愛する気持ちを知っていて、一生忘れられない女性がいるって。愛しているのはその女性だけ？

もしそれが真実ならこれから先、たとえ死ぬまで共に過ごしても、俊也さんと私の気持ちが重なる日がくることはない。

急激に胸が苦しくなる。

「余計なお世話だったらすみません。でも、私と同じ思いをさせたくなかったんです。好きな人のそばにいることだけが、幸せとは限りません。現に私は彼と離れてやっと幸せになれましたから」

そう話す茂木さんの左手薬指には、私と同じく結婚指輪が光り輝いていた。

「私に言われても困るかもしれませんが……。あなたの幸せを陰ながら願っています」

伝票を手にして立ち上がった彼女を引き止めようと、私も慌てて立ち上がった。

「私が……！」

「いいえ、お時間をつくっていただいたのはこちらです。なのでここは私が。……失礼します」

そのまま茂木さんは支払いを済ませ、カフェから出ていった。彼女の姿を見送った後、力なく座り、出ていったドアを見つめてしまう。

「好きな人のそばにいることだけが、幸せとは限らない……か」

店内の喧騒にかき消されていく自分の声。

だけど茂木さんの話が真実とは限らない。とても嫌がらせするような人には見えなかったけれど、彼女の話が嘘かもしれないし……。

確かめたい。真実を知りたい。

重い足取りで帰宅し、向かった先は彼の書斎。

仕事をしている俊也さんを呼びに入ったことはあるけれど、隅々まで見たことはない。

もし……もし、本当に彼女の言うように忘れられない女性がいるのなら、この部屋にその女性のものがあるかもしれない。

だめだとわかっていても、止められなかった。だって気になるから。なにより安心したい。

そもそも茂木さんが言っていたのは、数年前のことだ。彼女は彼と別れて一年以上経つ。

結婚してから俊也さんに、ほかに彼女がいるような様子は見られないし、なにより結婚後、浮気は絶対しないと言っていた。お兄ちゃんの前でも言っていたじゃない。

俊也さんに忘れられない人がいたとしても、今はもう違うかもしれない。忘れることができたから、私と結婚したのかもしれないし……。

だから彼女の話はすべて嘘だと思いたい。今日まで俊也さんと過ごした日々を、彼がくれた言葉を信じたい。

書斎の明かりを灯し、改めて室内を見回した。

きちんと整理整頓された机回り。本棚は仕事関係のものであふれていた。見たところ、女性の存在を確かめるものはなにもない。

ゆっくりと机のほうへ向かう。

写真立てなど飾られていないし、やっぱり嘘だったのかもしれないけど……。

手にしていたバッグを机の上に置き、もしかしたら、この中に入っているのかもしれないと思い、恐る恐る引き出しを開けると小物入れがあった。

「なんだろう、これ」

手に取り蓋を開けた瞬間、目を見開いた。

そこにはシルバーのシンプルな指輪と、たくさんの写真、それと一通の手紙が入っていたから。

一枚の写真を手に取ると、今より若い俊也さんと幸せそうに寄り添うかわいらしい女性が写っている。ほかの写真も、その女性と写っているものばかり。幼い頃の写真もある。

茂木さんの言っていた話は本当だったんだ。きっとこの女性が、俊也さんが生涯たったひとりの愛する女性なんだよね？　だって写真の中の俊也さんは、とても幸せそうだもの。私が好きな優しい顔で笑っている。

じゃあやっぱり私に嘘をついたんだ。でもどうして？　なぜ誰かを愛する気持ちがわからないだなんて言ったの？

ふと写真の裏を見ると、文字が書かれていた。

【姫乃《ひめの》と初めての水族館】

「え……姫乃？」

もしかして彼が寝言で言っていた『ひめの』って、この人のこと……？

きっとそうだよね。だって私、一度も俊也さんから『姫野』って呼ばれたことないもの。

私の名字が愛した女性と同じ名前だったから、呼びたくなかったの？

だったらあんまりだ。……私だけ下の名前で呼ばれ、少しだけ浮かれていた自分がバカみたい。

姫乃さんとの指輪や写真を大切にとっておくほど好きなのに、どうして私と結婚したの？　なぜ姫乃さんと結婚しなかったの？

写真に写る笑顔のふたりを見つめたまま、涙があふれそうになった時。

「なにやってるんだ」

「……っ⁉」

静かな書斎に響いた彼の声にびっくりして、手にしていた写真を落としてしまった。

「俊也さん？」

どうして？　出張から戻るのは明日だったはず。

いや、そんなことよりどうしよう。勝手に書斎に入り、引き出しを開けたことがバレてしまった。

うまい言い訳が浮かばず、ただうつむく私に近づく足音。落ちていた写真を拾うと、俊也さんは震える声で言った。

「勝手に見るなんて最低だ」

その声から、彼が怒っているのが伝わってくる。当然だと思う。俊也さんがいないのをいいことに、勝手に部屋に入って見てしまったのだから。

だけど写真を小物入れに戻す彼の姿を見て、言わずにはいられなかった。

「勝手に見てしまったことは謝ります。……でも俊也さんが愛しているのは、その人だけなんですよね？　なぜ愛する気持ちがわからないなんて、嘘をついたんですか？　写真や指輪を取っておくほど、今もその人のことが忘れられないんですよね？　それなのにどうして私と結婚なんてしたんですか？」

俊也さんが珍しく余裕を失くしている。そうなるほど今も彼女のことが好きなんでしょ？　いったい私になにを求めて結婚したの？　ただ、ご両親が早く結婚しろってうるさかったから？　今日まで過ごした彼との時間は、それだけのためだったの？

知りたいのに俊也さんは私の質問には答えてくれず、冷たく言い放った。

「嘘をついたことは謝る。それに以前、今度話すと言ったが……悪い、姫乃のことはまだ話せない」

なにそれ、まだ話せないだなんて。ここまで私は姫乃さんのことを知ってしまったのに、聞かせてくれないの？

彼の言葉にカッとなる。

「すべて聞きました！　……俊也さんと、五年間交際していたという茂木さんから」

「――え」

大きく目を見開き私を見る彼に、たたみかけていく。

「私には話してくれませんでしたが、茂木さんには言ったんですよね？　生涯愛する女性は、ただひとりだけだって。それが姫乃さんなんですよね？　……俊也さんは愛する気持ちを知っている。それなのに私に、『好きになることはできても、愛することはできない』と言いました。でも本当は私のこと、好きになることもできないいんじゃないですか？」

心の中に忘れられない人がいるのに、ほかの人を好きになることなんて私にはできないもの。

「ちゃんと話してください。……私には聞く権利があるはずです」

法律上、私はあなたの妻なのだから。

だけど彼の腕に触れようとした瞬間、大きくその手は払い除けられた。

「勝手に俺の心に入ってこないでくれ」

「……っ」

完全なる拒絶に、涙がこぼれ落ちた。彼は私を見ることなくうつむいたまま。

話してもくれないの？　彼女のことを。俊也さんにとって私は、いったいなんだったんだろう。

やっぱりただ単に、都合のいい結婚相手にすぎなかった？　だったらなぜ、あんなに優しくしてくれたの？　好きだと言ってくれたの？　一緒に過ごした楽しかった日々も全部嘘だったの？

これ以上俊也さんと一緒にいることに耐えられなくなり、机の上に置いてあったバッグを手にし、私は家を飛び出した。

背後から彼が追ってくる気配はない。それが答えなんだ。

俊也さんに惹かれ始めてから、『愛するはできない』という彼の言葉が引っかかり、好きになることに躊躇していた。

でも好きと気づいたら想いはあふれて止まらず、こんなにも悲しくてつらくなるほど好きになっている。

俊也さんに近づきたいのに近づけない。妻として一番近くにいるはずなのに、彼は遠い存在のまま。結婚する前より、結婚した今のほうが距離を感じる。

あふれる涙はずっと止まってくれない。泣きながらあてどもなく走り、気づけば街中に来ていた。

道行く人は何事かと、こちらを見ている。だけどそんな視線を気にする余裕など、今の私にはない。

ひどいです、俊也さん。自分から愛することも好きになることもできないのに、どうして私を好きにさせたの？

最初から優しくしてほしくなかった。泣きたくなるほどうれしい言葉もいらなかったよ。ただの割り切った契約結婚だったら、どれほどよかったか。

次第に息は上がり、足が止まる。それでも一向に涙を止める術がない。

歩道の端に寄り、どれくらいの時間声を押し殺して泣いていただろうか。

「なにやってるんだ、こんなところで」

焦った声と共に抱きしめられた体。呼吸が乱れていて、胸に響く心臓の鼓動は速く脈打っている。

ゆっくりと視線を上げると、苦しそうに私を見つめるお兄ちゃんの顔が視界いっぱいに広がった。

「お兄ちゃん……？　どうしてここに……」

唖然とする私を、お兄ちゃんは力いっぱい抱きしめた。

「帰宅途中、たまたま通りかかったんだ。信号待ちしていた時、泣いている芽衣を見つけて……。お前こそなにやっているんだ、こんなに泣いて……！」

瞬時に俊也さんとのやり取りが脳裏に浮かんだ。

お兄ちゃんの前なのにだめだ、また涙があふれる。

耐え切れなくなり、私はお兄ちゃんの胸の中で、子供のようにわんわん泣いてしまった。

そんな私にお兄ちゃんはなにも言うことなく、泣きやむまで優しく背中をさすってくれた。

あれから私はお兄ちゃんと共に実家に帰った。帰る前にお兄ちゃんが両親に連絡をしてくれていて、ふたりはなにも言わず私を出迎えてくれた。

お兄ちゃんの部屋に通され、今に至る。

「これ、母さんが淹れてくれた紅茶」

「ありがとう」

カップを受け取ると、お兄ちゃんはソファに座っている私の隣に腰掛けた。

「俊也には俺から連絡を入れておいたよ。……しばらく芽衣を預かるとも」

俊也さんの名前に、体が反応してしまう。

だけど平静を装い「ありがとう」と言いながら、紅茶をひと口飲んだ。それでもまだ心が落ち着かない。

俊也さんは今、どんな気持ちでいるのだろうか。

彼の気持ちを考えるだけで怖くなり、カップを持つ手の力が強まる中、お兄ちゃんは私の様子をうかがいながら聞いてきた。

「俊也となにかあったんだよな？　……俺でよかったら話を聞くぞ」

「お兄ちゃん……」

俊也さんのことを話していいのか一瞬迷ったものの、とてもじゃないけれどひとりでは抱え込めない。話を聞いて教えてほしい。私はいったいこの先、どうしたらいいのか教えて。

私の答えを待つお兄ちゃんに言葉を選びながら話していった——。

お兄ちゃんは口を挟むことなく最後まで私の話を聞いた後、深いため息を漏らした。

「芽衣と結婚したんだ、すっかり立ち直ったと思っていたのに。……あいつ、まだ姫乃のことを忘れていなかったのか」

「え……お兄ちゃん、姫乃さんのことを知ってるの？」

「……あぁ、知ってるよ」

言いにくそうにするお兄ちゃんに、すかさず詰め寄った。

「お願いお兄ちゃん、教えて。俊也さんと姫乃さんのことを」

俊也さんは姫乃さんのことを愛している。だけど姫乃さんはどうなんだろう。今はどこでなにをしているの？　ふたりの間になにがあったの？

知っていることなら、どんなに些細なことでもいいから教えてほしくて、お兄ちゃんの答えを待つ。

難しい顔をして私に話すか悩んでいたお兄ちゃんだけど、再び大きく息を吐いた。

「聞いたら芽衣は、後悔するかもしれないぞ？」

「しないよ、後悔なんて。……俊也さんのことなら、なんでも知りたいから」

すぐに答えた私にお兄ちゃんの迷いは吹っ切れたのか、紅茶を飲んで私を見据えた。

「姫乃は俊也の婚約者だった」

「……婚約者？」

あれ、でも〝だった〟ってどういう意味？　なぜ婚約解消したのだろうか。

頭に疑問が浮かぶ中、お兄ちゃんは衝撃の事実を口にした。

「あぁ。……親同士が決めた婚約だったが、周囲がうらやむほど愛し合っていたよ。……だけど姫乃は十一年前、病気で亡くなったんだ」

それは俊也さんのあまりにもつらく、悲しい過去だった。

『忘れないでくれ、俺が生涯愛する女性はお前だけだから　俊也ＳＩＤＥ』

「頼む、昴。……なにも聞かず、今から言う場所に芽衣を迎えにいってほしい。それで、そのまま連れ帰ってくれないか？」

俺には、泣いている芽衣を抱きしめて慰める資格などないから。

連絡を受け、駆けつけた昴に抱きしめられる芽衣の姿を見届けて、自宅に戻った。

真っ直ぐ書斎に向かい、しまった写真を再び手に取り眺めた。

芽衣から話したいことがあるとメッセージをもらい、もしかしたら俺にとってうれしい話かもしれないと思い、仕事を切り上げて浮かれて帰ってきた。しかし俺に突きつけられた現実に、目の前が真っ暗になった。

姫乃のことは芽衣に話さないつもりだった。話すべきかどうか悩んだが、話す必要はないと思ったから。それなのに知られてしまい、動揺して芽衣を傷つけてしまった。

「なにやってるんだろうな、俺……」

返事など返ってこないのに、写真に写る笑顔の姫乃に語りかけてしまう。

姫乃の願いを叶えたい。その一心だったのに、な。

今でも鮮明に覚えている。彼女と過ごしたかけがえのない愛しい日々を……。

＊＊＊

自分に婚約者がいると知ったのは、わずか七歳の頃だった。相手は父さんの会社と取引がある会社の社長令嬢。

婚約者というものをイマイチ理解していなくて、姫乃と会うことになんの抵抗も抱かなかった。同い年の新しい友達ができるかも。そんな感覚だった気がする。

姫乃は、俺のクラスにいる女子の誰よりもかわいい子だった。そして優しくて、なによりよく笑う子だった。

そんな姫乃と仲よくなるのに、そう時間はかからなかった。

「なぁ、姫乃知ってるか？　俺とお前は将来結婚するらしいぞ」

「知ってるよ。俊也は私の婚約者なんでしょ？」

子供ながらに婚約の意味をそれなりに理解し、お互い意識するようになったのは、小学校高学年の頃だった。

小学校卒業後は、両親の計らいでふたりとも大学までエスカレーターで上がれる附属中学校に進学した。

　姫乃とは婚約者である前に、彼氏彼女の関係になり、同じクラスだった俺たちは一日の大半を共に過ごした。たとえクラスメイトに冷やかされても。

「なぁ、俊也。お前恥ずかしくないのか？　彼女といつも一緒にいて」

　ある日の休み時間。中学で出会い友達になった昴がそう尋ねてきたので、俺は迷いなく答えた。

「全然。好きだから一緒にいたいと思うのは当然だろ？」

「はいはい、ごちそうさま。……でもたまには俺たちとも付き合えよな？」

　むくれる昴を見て思わず笑ってしまった。

「わかったよ、昴が寂しがるから今日の放課後は付き合うよ」

　肩に腕を回して言うと、昴は声を荒らげた。

「べ、べつに俺は寂しくなんてないからな！　……まぁ、お前がどうしても遊びたいって言うなら付き合ってやってもいいけど？」

　素直じゃない昴に、俺はまた笑ってしまった。

　外部受験などで数名の入れ替えはあったものの、ほとんどの同級生が同じ高校に進学し、俺と姫乃は昴たちと楽しい学生生活を送っていった。

姫乃も昴と打ち解け、高校生になると三人でいる時間が増えた。それは大学生になってからも変わらなかった。

よく口げんかをしながらも、頼りになる親友の昴と、婚約者で初恋の相手の姫乃と、それから先もずっと一緒にいられると信じて疑うことはなかった。あの日までは……。

大学生活にも慣れてきた頃から、姫乃の体調が優れない日が続いた。『一度病院で診てもらったほうがいいんじゃないか?』と心配して言うと、『ここ最近、レポート続きで寝ていないから疲れているだけだよ』と元気に笑顔を見せる姫乃に、俺はそれ以上なにも言うことはなかった。

だけどそれから半年が過ぎたある日、姫乃が大学を休み、それ以来彼女に連絡がつかなくなった。心配になり大学の講義を終えて昴と共に家を訪ねた時、そこで初めて知ったんだ。彼女が抱えていた運命を。


「腫瘍、ですか……?」

姫乃の両親から聞いた話は衝撃が大きくて、言葉が続かなかった。

姫乃はそれまでずっと頭痛やめまい、時には吐き気に見舞われていたようだ。その日の朝はとくにひどい頭痛に襲われ、心配した両親と共に病院を受診したという。

検査を受けた結果、脳に腫瘍が見つかり即日入院になったということだった。

隣で話を聞いていた昴も、信じられないのか固まっている。

「悪性のものか良性のものか、詳しく検査しているところだが……おそらく悪性だろうと医者は言っていた」

悪性の脳腫瘍……？　聞いても医学の知識がまったくない俺には、姫乃が今どんな状態なのか理解することができない。

「あの、姫乃は大丈夫なんですよね？」

医学は日々進歩している。完治するよな？　元気になるんだよな？

すがる思いで聞くと、おじさんとおばさんは顔を見合わせた後、目を伏せた。

「腫瘍はだいぶ大きいらしい。……手術で取り除けるかも、わからないと」

おじさんが話した瞬間、おばさんは声をあげて泣きだした。

これは悪い夢だよな？　姫乃が俺の前からいなくなるなんてこと、あるわけがない。


次の日。大学が終わってから向かった病室で俺と昴を出迎えたのは、腕に点滴の管がつながっている姫乃だった。

「……ごめん、俊也。心配かけちゃったね」

そう言って笑う姫乃はいつもの姫乃で、俺は彼女の前で泣いてしまった。

「本当だよ、心配しただろ？」

急いで彼女のもとへ駆け寄り、強く手を握りしめた。

「聞いてくれよ、姫乃。俊也ってば姫乃に連絡がつかないって言って、ずっと落ち着かなかったんだぜ？　どれだけ姫乃のことが好きなんだよな」

笑って言う昴だけど、無理しているのが俺にも、そして姫乃にもわかった。

「そっか、じゃあ昴に迷惑かけちゃったね。俊也って面倒なところがあるから」

「そ、そうなんだよ姫乃！　ウジウジしていて相当ウザかったぞ？」

「おい、なんだよその言い方は」

いつものように三人で笑い合っているのに、心が落ち着かない。それは姫乃に会う前に、おじさんとおばさんから姫乃の検査結果を聞いたからだ。

「昴、ちょっと付き合ってほしいところがあるんだ」

「いいけど、どこに行くんだ？」

姫乃にまた明日来ると約束をして病院を後にし、昴に付き合ってもらい向かった先はジュエリー店。

「お、おい俊也。お前まさか……」

店の前で俺に詰め寄る昴の声にかぶせた。

「あぁ、姫乃との結婚指輪を買いにきた」

「結婚指輪って……お前、一度落ち着け」

俺の両肩を掴み、落ち着くよう言う昴に苛立ちを覚える。

「落ち着いてなんていられねぇだろ⁉　姫乃には時間がないんだから！」

怒鳴ると昴はゆっくりと俺の肩から手を離した。

姫乃の脳にできた腫瘍は血管に複雑に絡み、手術で完全に取り除くことは難しいと聞いた。

成功したとしても手術のみでの根治は厳しく、放射線や抗がん剤などを用いた治療が必要で、余命半年だとも……。

おじさんとおばさんから、姫乃にはまだ伝えないでほしいと言われ、彼女の前でいつも通り振る舞うのがつらかった。

「信じられるか？　姫乃の余命が半年だなんて」

今日握った姫乃の手は温かかった。笑顔だっていつもと変わらなかった。それなのにおじさんとおばさんは、最期まで姫乃のそばにいてやってほしいなんて言う。

「ずっと姫乃と結婚するつもりでいたんだ。早まっても問題ないだろ？　……俺は姫乃以外と結婚するつもりはないから」

店に入ろうとすると昴に引き止められた。

「だから落ち着けって！　姫乃は自分の病気も余命のことも知らないんだぞ⁉　それなのに、お前から急に指輪を贈られたらどう思う⁉」

昴の話に体がこわばる。そんな俺に昴はたたみかけた。

「姫乃は絶対気づく。自分には残された時間が少ないと。……それにおじさんもおばさんも、病名を姫乃に伝えることを望んでいないんだ。お前の浅はかな言動でふたりの気持ちを台無しにするつもりか⁉」

「それは……」

ここでやっと冷静になることができた。そして気づいた。俺がしようとしていたことは、とても身勝手なことだと。

「悪い、昴」

謝る俺に昴はホッとし、首を横に振った。

「俊也の気持ちはわかる。……でも一番つらいのは俺たちじゃない、姫乃自身だ。それにこれから先のことは、どうなるかわからないだろ？　医者が治してくれると信じて、俺たちはおじさんとおばさんの話を聞きながら、今まで通り姫乃のそばにいよう」

「……あぁ、そうだな」

まだこの先、どうなるかわからない。手術がうまくいき、治療を続ければ根治する可能性だってあるはずだ。

余命宣告を受けたからといって、その期間しか生きられないと決まったわけではないよな。

「今日初めて、昴がいてくれて心からよかったと思うよ」

素直な思いを伝えると、昴は目を丸くし、耳まで真っ赤に染めてそっぽを向いた。

「バーカ、今頃気づいたのか？　俺の存在のありがたみに」

「あぁ」

いつものように昴の肩に腕を回した。

「ありがとうな」

「……おう」

それから昴とふたりで、毎日のように姫乃が入院する病院へ通った。昴が帰った後も、俺は面会時間ギリギリまで姫乃との時間を過ごした。

姫乃は両親から、脳の病気だとだけ聞いたようだ。早く治すと明るく言っていたが、日に日に弱っていく彼女が見て取れて、心は痛むばかり。なにもできない自分の無力さを痛感した。

姫乃が入院して三週間が過ぎた頃、彼女の口から来週手術することを聞かされた。

「そうか、手術か……」

完全に取り除くことは困難だって言っていたよな？　きっと難しい手術になるはず。

不安な気持ちに襲われるが、必死に笑顔を取り繕う。

「大丈夫、きっと成功するよ」

だけど姫乃は表情を曇らせ、ベッドに腰掛けた。

「ねぇ、俊也は私のことを大切に想ってくれている……？」

俺の様子をうかがいながら聞いてきた姫乃の隣に腰を下ろし、すぐに答えた。

「あたり前だろ？　世界で一番大切に想ってるよ」

すると彼女は、今にも泣きそうな顔でジッと俺を見つめる。

「だったらお願い。……本当のことを話して。俊也は知ってるんでしょ？　私の病気のことを」

懇願する彼女に、心が大きく揺れた。

姫乃の言う通り、俺は知っている。おじさんとおばさんから逐一報告を受けているから。

でも姫乃には言わないでほしいというのが、彼女のご両親の願いだ。それなのに俺が伝えるわけにはいかない。……でも。

いまだに泣きそうな顔で俺を見つめる姫乃に、ゆらゆらと決心が鈍る。

もし……、もし俺が姫乃の立場だったらどうだろうか。自分の体のことはしっかり把握したい。

残された時間が少ないかもしれないなら、悔いのないように一日一日を過ごしたいと思うはずだ。だけどそれはあくまで俺の考えであって、姫乃もそう思っているとは限らない。知らないほうがいいこともある。

ただ彼女を見つめ返すしかできずにいると、長年一緒にいた姫乃には俺の気持ちが伝わってしまったのか、唇を噛みしめうつむいた。

「やっぱり私、重い病気なんでしょ……？」

「ちがっ……！」

ボソッとつぶやいた姫乃に、かけてやる言葉が見つからず口ごもる。

正解はどれだ？　このまま嘘をつき通すべきなのか、真実を告げるべきなのか……。

答えにたどり着けずにいると、姫乃はすがるように俺に抱きついた。

「俊也はこの先もずっと、私のそばにいてくれるよね……？」

声を詰まらせながら問われ、思わず彼女を抱きしめた。

「もちろん。だって俺たち、大学を卒業したら結婚するんだ。なにがあっても姫乃を手放すつもりはないから」

そうさ、この先の長い人生を共に歩んでいくんだ。彼女の病気はその中の通過点にすぎない。

「いつか今日、こうして話したことも、姫乃が手術したことも、そんなことがあったな、大変だったなって思い出話にできる日がくるさ」

「……うん」

正しい答えなどわからない。でもひとつだけたしかなことがある。なにがあっても、姫乃のそばを離れないということ。

少しすると姫乃は顔を上げた。

「俊也、お願いがあるんだけど」

「なに？　どんなワガママでも聞いてやるよ」

彼女の髪をなでながら聞くと、姫乃はほんのり頬を赤く染めた。

「ふたりでなにかお揃いの物がほしい」

「え、お揃いの？」

「うん。……今は面会時間にしか会えないでしょ？　会えない時間、俊也とお揃いの物を身につけていたら、寂しくないから」

「姫乃……」

恥ずかしそうに俺を見る姫乃が愛しくて、そっと唇を塞いだ。

唇を離すと、彼女は頬を膨らませる。

「……もう、俊也ってば。ここは病院だからね？」

なんて言いながら、どこかうれしそうに話す姫乃がかわいくてたまらない。

「悪い、姫乃がかわいくて我慢できなかった」

よりいっそう抱きしめる力を強めた。

「指輪でもいいか？　お揃いの物は」

「え、指輪？」

「あぁ」

彼女の左手を取り、薬指をなでた。

「ここにお互いつけよう。どうせ近い将来つけるんだ、それが早まってもいいだろ？」

「……うん！」

その日のうちに俺は高価なものではないけれど、シルバーのシンプルなペアリングを購入し、次の日姫乃にプレゼントした。

彼女はとても喜んでくれて、しばらく指輪を眺めてばかりだった。

その後、八時間にも及ぶ手術は無事成功。しかしやはり完全に腫瘍を取り除くことは叶わず、放射線と抗がん剤による治療が開始された。

この頃になると、両親は隠しきれずに姫乃に本当の病名と余命を伝えた。

俺もその場に同席したが、姫乃は自分の体のことを把握していたのか、「やっぱりそうだったんだ」と力なくつぶやいた。

でも、「精いっぱい生きるよ」と笑顔で俺たちに誓ってくれた。

だが、日に日に症状は悪化の一途をたどり、寝ている時間が多くなっていった。

目が覚めても意識が朦朧とすることもあり、受け答えがうまくできなくなり、医者からその時が近いことを告げられた。

「姫乃……」

ベッドに横になり、固く目を閉じたままの彼女の手を強く握りしめた。するとゆっくりと目を開けた姫乃は俺を見て微笑んだ。

「俊也、大学は……？」

開口一番に出た言葉に、思わず笑ってしまった。

「大学より姫乃のそばにいたいんだ。昴もあと少ししたら来るよ」

今は大学になど、行っている場合じゃない。一分一秒だってそばにいたい。

「だめだよ、俊也。ちゃんと行かないと。だって俊也は、おじさんの会社を継ぐんでしょ？……お願いだから、しっかり通って」

彼女の手を強く握りしめた。

「わかったよ、約束する」

すると姫乃は安心したように微笑む。

「それと、前言ったこと……忘れて」

「……え？」

前言ったことって……。脳裏に浮かんだ言葉に、心が大きく揺れた。

「ずっと私のそばにいなくてもいい。俊也には俊也の人生を、楽しく生きてほしい」

なんだよ、それ。……これじゃまるで最期の別れみたいじゃないか。

「なに言ってるんだよ、なにがあっても手放すつもりはないって言っただろ？　忘れないでくれ、俺が生涯愛する女性はお前だけだから」

姫乃以上に好きになれる相手など、一生現れないさ。

「ふふ、ありがとう。……その言葉だけで私は十分。こうして俊也や昴、たくさんの友達と出会えて、私は幸せ」

笑う姫乃の瞳からは、涙がこぼれ落ちた。

「指輪もうれしかった。……ありがとう、俊也。大好きだよ」

それが、俺が聞いた姫乃の最期の言葉だった。

再び静かに眠り始めた姫乃は一週間、昏睡状態が続き、最期は俺や両親、昴とたくさんの友達に見守られながら静かに息を引き取った。

彼女がこの世界からいなくなった瞬間、目の前が真っ暗になった。

もう二度と目を覚まさないなんて信じられなくて、だけど時間が経つにつれて冷たくなっていく姫乃の体温に、嫌でも今が現実なんだと思い知らされた。

それからしばらくのことは、今でもよく覚えていない。

姫乃の葬儀には参列できなかった。姫乃と約束をしたのに大学にも行かず、家に引きこもった生活を続けること一ヵ月。

姫乃の両親が俺を訪ねて来た。ふたりから渡されたのは生前、姫乃が俺に残した手紙だった。

そこには俺に対する感謝の想いと、自分がいなくなってからの俺を案ずることが書かれていた。

彼女が最後に紡いだ想いを声にして読み上げていく。

「私には無理だった大学を卒業して、社会人になって。お酒も飲んで人生を謳歌《おうか》してほしい。俊也には私の分まで幸せに生きてほしいの。……でも私がいなくなって少しは、ひとりでいてほしい。簡単にほかの人に乗り換えたりしないでね？　……か。姫乃らしいな」

文面から彼女らしさが伝わってきて、こんな時なのに笑ってしまった。

「だけどいつか絶対に、私以上に好きになれる相手と出会ってほしい。……私が愛したのは生涯俊也、ただひとりだけ。だから私はいつだって俊也のそばにいて、見守っているからね」

ポロポロとこぼれ落ちた涙。必死に拭っても次から次へとあふれて止まらない。

姫乃は、どんな思いでこの手紙を俺に残してくれたんだろう。自分が一番つらい時に、俺の心配をさせてしまっていたかと思うと、自分が情けなくなる。

「ごめんな、姫乃」

きっと今、近くで俺のことを見てあきれているよな。

ゴシゴシと涙を拭い、大きく深呼吸をした。

「姫乃との約束、絶対守るよ」

明日から大学に行こう。しっかり卒業して社会人になる。姫乃ができなかったことを、全部俺がやるから。

だけどその後の俺の人生は、到底姫乃に喜んでもらえるものではなかった。

姫乃が亡くなって一年後、両親は俺に新たな婚約者を紹介してきた。今思えば、俺のためを思ってのことだとわかるが、当時の俺は両親の気持ちが信じられなくて大げんかし、家を飛び出した。

祖母の家で過ごし、父さんの会社を継ぐ道に進んでいいのかと迷い。苛立ちの毎日の中、ただ誰かのぬくもりを感じたくて、たくさんの女性と関係を持った。

だけど満たされることはなく、姫乃を失った悲しみが増すばかりだった。

いつしか愛のない行為を肯定していくようになり、気持ちがなければいいと自分に言い聞かせ、社会人になっても多くの女性と関係を持つ日々を送っていった。

＊＊＊

「本当、俺はどうしようもない最低な男だな」

姫乃が生きていたら幻滅されていたに違いない。

だが、寂しさを埋めるために誰かのぬくもりに触れていく中で、このまま誰のことも愛することなく、ひとりで生きていく人生でもいいと思ったんだ。

どうしても俺の心の片隅には姫乃がいて、一生いなくなることはない。なにより彼女以上に愛せる女性など、現れなかった。

進むべき道が決まらず、母方の姓を名乗って入社した父さんの会社で、俺は仕事の楽しさを知った。

周囲からプレイボーイや、独身貴族と言われようと、やり甲斐のある仕事に打ち込み、好きな時に誰かのぬくもりに触れる日々も、そう悪くない。そう思っていた。

そんな俺の考えを変えるきっかけとなったのが、部下である織田の結婚式だった。

彼女の相手は、十年以上想い続けていたと知り、一途な想いの先に結ばれたふたりの結婚式は、想像以上に感動的なものだった。

相手は海上自衛官で、一年の大半を海の上で過ごしている。結婚が決まった時に、『会えなくて寂しくないのか？』と聞いた時があった。すると彼女は『もちろん寂しいですけど、その分ふたりで過ごせる時間は宝物なんです』と照れながら言っていた。

それを聞き、遠い昔の記憶がよみがえったんだ。俺も姫乃と会って話をするだけで楽しくて、幸せだったと。

その頃、再び両親から結婚の話が持ち上がった。姫乃が亡くなって十年以上経つ。そろそろ身を固めてはどうかと。

少しずつ考え方が変わり始めていた頃に、芽衣が商品部にやって来たんだ。昴の妹のはずなのに『姫野』と名乗る彼女に違和感を覚え、なにより名字とはいえ、『ひめの』だなんて気にならないわけがない。

それに昴から、芽衣が家族とうまくいっていないことも聞いていて、どこか他人事に思えなかった。俺も今でこそ良好な関係を築けているが、一時期は両親との仲が険悪だったたから。余計に目で追うようになった。

やる気いっぱいで、だけどそれが妙に空回りする時がある。だが、努力家で笑顔がかわいくて、なにより仕事に対する思いは俺と似ている部分があった。

姫乃が亡くなってから、目が離せなくなる女性と出会ったのは初めてだった。一年が経つ頃には、気持ちは確実に大きくなっており、惹かれていた。

姫乃以上に好きになれるかもしれない、そう思った矢先に昴から芽衣が婚活していると知らされた。そんなある日、誰もいないオフィスで『結婚したいな』という彼女のつぶやきを偶然耳にした時、チャンスだと思ったんだ。

それに婚活先で出会った、どこの誰かもわからない相手と結婚されるくらいなら、俺と結婚してほしかったから。

姫乃以上に愛することはできなくても、この先の長い人生、共に過ごしていけば好きになれると思ったんだ。芽衣となら楽しく幸せに暮らしていけると。

だけどそれは浅はかだった。

芽衣と過ごす毎日は想像以上に心地よく、楽しくて幸せで満ちあふれた。

失敗した料理を『おいしい』と言って食べてくれた。料理や掃除を教えてくれた。姫乃と過ごすことが叶わなかった大人になってからの時間を芽衣と過ごすたびに、気持ちは大きく育っていった。

しかし結婚後もなんとなく距離を感じ、上司としても夫としても頼ってくれない芽衣にヤキモキするようになり……。

彼女が風邪で倒れた時、自分の中で芽衣の存在が大きくなっていることに気づかされた。

ただの風邪だとわかっていても、心配でたまらなかった。姫乃のように、二度と目を覚まさなかったら、どうしようかと不安でいっぱいになった。

それからますます彼女の存在が大きくなり、少しでも多くの時間を過ごしたくて、毎日急いで仕事を切り上げ、休日はずっと一緒にいた。

　俺の隣で笑ってくれる彼女を幸せにしたい。その一方で姫乃の夢をよく見るようになった。

　これまで関係を持った女性には、姫乃の存在を明かしてきた。彼女以上に愛することなど、できなかったからだ。

　それなのに芽衣には姫乃のことを話さず、人を愛する気持ちを知らないと嘘をついたのは、これまで出会ってきた女性とは違ったからだと思う。

　姫乃以上に好きになれるかもしれない相手に、打ち明けることではない。知らせなくてもいいと思った。だけどそれは、大きな間違いだったのかもしれない。

　どうしようもなく芽衣が愛しくてたまらなくなると同時に、彼女のことを今以上に好きになることが怖くもあった。

　やはり俺の中から、姫乃という存在を消すことはできなかったから。芽衣のことが好きだ、愛しいと思うほど姫乃の笑顔が頭をよぎるんだ。

　芽衣のことを大切にしたいのにできない自分に苛立ちながらも、気づかれないように過ごしていた時、姫乃のことを芽衣に知られ、自分でも驚くほど動揺してしまった。大切な存在のはずなのに、傷つけてしまった。

写真に写る笑顔の姫乃を、そっと指でなでた。

「やっぱり俺の心は、まだお前のことでいっぱいみたいだ」

芽衣に写真を見られた時に、姫乃のことを説明できなかったのは、俺の中で姫乃の存在が大きいからだよな。

姫乃以上に芽衣のことを好きになっていると思っていたのに……。そうだったら姫乃のことを芽衣に説明できたはず。

「結婚は間違っていたのかもしれない」

ただ、彼女を傷つけただけじゃないか。家族になろう、力になりたいと思ったのは本心だった。でも俺は約束を守ることができなかった。

家族のことで傷を負っていた芽衣に、さらに深い傷を残してしまったかもしれない。

そう思うと、罪悪感で押しつぶされそうになる。

やはり俺は一生ひとりでいるべきだったんだ。

どんなに後悔しても、芽衣を傷つけた過去は消せない。俺はこれから、どうしたらいいのだろうか。

答えの出ない問題に、姫乃の写真を握りしめながら頭を悩ませた。

『愛してやれなくて、すまない』


「大丈夫か？　芽衣」

「……うん、ごめん」

お兄ちゃんからティッシュを受け取り、涙を拭った。

姫乃さんは生きているとばかり思っていた。付き合っていたけど、なにかあって別れて、それでも俊也さんは忘れられずにいるのだと。

「姫乃が亡くなった後の俊也は、見ていられないほど落ち込んでいたよ。一ヵ月間家に引きこもり、会いにいってもひと言も口をきいてくれなかった。姫乃の後を追いかけてもおかしくない状況だったと思う。……毎日俊也の顔を見にいっていたが、俺にはなにもできることがなく、ただ無力だった」

当時のことを思い出したのか、お兄ちゃんは拳をギュッと握りしめた。

「姫乃の手紙を読んで前向きになろうとしていた矢先に、家族と仲違いし、それからだ。俊也の女性関係が激しくなったのは。でも俺は姫乃を亡くした直後のあいつを知っているから、苦言を呈しながらも『今のほうがマシだ』と思った。明るくなり、仕事も楽しいって言っていたから」

「……そっか」

姫乃さんは親友の彼女だけれど、中学時代からずっと一緒に過ごしてきたかけがえのない友達。その彼女が亡くなったんだ、お兄ちゃんだってつらかったと思う。相当心を痛めたはず。それなのに俊也さんの気持ちに寄り添ってきたんだ。

「だが激しい女性関係も、芽衣のことが気になると言いだした頃からパタリと止めた。姫乃からの手紙に、私以上に好きになれる相手と出会ってほしいと書いてあったと聞いていたから、その相手が芽衣だと思ったんだ。だから結婚も許した。……俊也なら芽衣のことを幸せにしてくれると思っていたし、なによりあいつには姫乃の分まで幸せになってほしかったから。それなのにっ……！」

お兄ちゃんは苛立ちを隠せず、勢いよく立ち上がった。

「どうして芽衣に姫乃のことを話せないんだ!?　てっきり俺は、芽衣のことを姫乃以上に愛しているから、結婚したと思っていたのに……！」

声を荒らげるお兄ちゃんに、さっき聞いた話を思い出して涙がこぼれ落ちた。

俊也さんはきっと、姫乃さん以上に私を好きになってくれることはないと思う。

配属当初から私だけ名字で呼ばれなかったのは、名字とはいえ、愛した人と同じ

『ひめの』だったからだよね。彼が「ひめの」と呼びたいのは、たったひとりだと思うから。

寝言で彼女の名前を呼び涙を流すほど、俊也さんの中で姫乃さんは生き続けているんだ。

幼い頃からずっと一緒にいた大好きな人が、この世界からいなくなる悲しみはどれほどのものだろうか。私には想像さえできない。

お互い想い合ったまま亡くなった彼女に、私なんかが勝てるはずないよ。

胸が痛い。俊也さんのことが好きだからこそ、苦しくてたまらない。私はこの先、いったいどうすればいいのだろうか。

私は彼のことが好き。誰かを好きになる感情を知らなくてもいい、そばにいてくれるならそれだけで幸せだと思っていた。

でもそんなことあるわけない。俊也さんの心の中には、いつまでも姫乃さんがいる。それなのに彼のそばにいたって、お互いつらいだけだ。

「大丈夫か、芽衣」

お兄ちゃんは腰を折り、涙が止まらない私に寄り添う。

「お兄ちゃん、私……これからどうすればいいのかな。俊也さんのことが大好きなのに、そばにいるのがつらい」

「芽衣……」

好きなのにそばにいることがこんなに苦しいことだなんて、初めて知った。

お兄ちゃんは答えに迷っているのか、ただ私の背中を優しくなでる。すると勢いよくドアが開いた。

「そんな相手とは離婚なさい。それじゃ芽衣さんが幸せになれないでしょ？」

いつになく声を張り、お父さんの制止を振り切り部屋に入ってきたのはお母さんだった。

「俊也君なら芽衣さんを幸せにしてくれると信じていたから、お嫁に出したというのに……！」

まるで自分のことのように怒るお母さんの姿に、涙はすっかり止まった。

え……今、目の前にいるのはお母さんだよね？　疑いたくもなる。だってこんなお母さん、私は知らないから。

するとお母さんは、私と視線を合わせるように膝をついた。

「つらい思いをしてまで、続ける結婚生活なんて意味がないわ。あなたには、幸せな人生を送ってほしいの」

目を潤ませながらお母さんが言ったその言葉が信じられなくて、ただ呆然としてしまう。隣を見るとお兄ちゃんは、「これが母さんの本音だ」というように大きくうなずいた。

だけどすぐには信じることができなくて、ずっと聞けずにいたことを口にした。

「お母さんは私のこと……嫌いなんじゃないんですか？」

だって私は愛人の子。お母さんとは血のつながりはない。私なんて邪魔で煩わしい存在じゃなかったの？

するとお母さんは、声を震わせた。

「そんなわけないでしょ……っ？　芽衣さんのことを嫌いと思ったことなど、一度もないわ」

お母さんは、後から部屋に入ってきたお父さんに目を向けた。

「周りがなんて言おうと、芽衣さんにはなんの罪もないわ。……悪いのは不貞を働いた主人でしょ？」

「あぁ、そうだ。悪いのは全部父さんだ。……母さんはな、芽衣のことを打ち明けるとすぐに引き取ろうと言ってくれたんだ」

嘘、本当に？　でもどうして？　私はお母さんの子供じゃないのに……。

「あたり前です。あなたのせいで、芽衣さんの人生を台無しにするところだったんですから。……あなたのお母様がご健在のうちに事実を知っていれば、芽衣さんとお母様に主人から十分な援助ができたのに……ごめんなさい」

「そんなっ……！」

どうして謝るの？　嫌じゃなかったの？　だって自分の愛する人が別の女性との間に子供を作っていたんだよ？　その子供を引き取るなんて、普通は嫌なはず。

「私や亡くなった母を憎んでいないんですか？」

恐る恐る尋ねると、お母さんは首を横に振った。

「いいえ。怒りは主人にしか向かなかったわ。どんな思いで芽衣さんをひとりで出産し、ふたりきりで生きてこられたか……。大変だったでしょう？」

「お母さん……」

涙ぐむお母さんに、涙が頬を伝っていく。

「芽衣さんこそ、私のことを恨んでいないのですか？　この家に来ることに対しても、渋られていたでしょ？　本当は私なんかと暮らしたくなかったのでは……？　私ね、それを芽衣さんに直接言われるのが怖かったの。だったら必要以上に話しかけないほうがいい、静かにあなたの幸せを見守っていようと……」

もしかしてお母さんも、私と同じように悩んでいたの？　私に嫌われていると。

「そんなわけないじゃないですか。……感謝しています、私のことを引き取ってくださったことに」

どうして私、もっと早くお母さんとこうして向き合わなかったんだろう。最初に聞かなかったんだろう。

ふたりして泣いていると、お母さんに寄り添うようにお父さんも膝をついた。

「ふたりとも悪かった。もとはと言えば、父さんがすべての元凶だ。それに暮らし始めた時に、しっかり家族で話し合うべきだった」

お父さんの目も潤んでいて、胸がいっぱいになる。するとお兄ちゃんが空気を変えようと、陽気な声で言った。

「そうだぞ、父さん！　同じ男として、妻がありながらほかの女性に手を出すなんて考えられない！　……まぁ、そのおかげで芽衣を家族に迎え入れることができたからいいが」

お兄ちゃんの話に、お母さんはクスリと笑った。

「そうね。最初話を聞いた時は怒りしか湧き起こらなかったけれど、今となってはこうして芽衣さんという娘を持つことができて幸せだわ」

「お母さん……」

いつも家族で団らんしていても、私だけが家族の輪に入ることができなかった。同じ屋根の下に暮らしていても疎外感を抱いていて、早く出ていきたくてたまらない窮屈な場所だったのに……。

「大切なのは芽衣さんの気持ちよ。でも無理して俊也君のもとへ戻る必要はないわ。ここはあなたの家なの、ずっといてもいいのよ?」

お母さんの温かい言葉にボロボロと涙があふれた。

「そうだぞ、芽衣」

「あぁ、落ち着くまでいくらでもいるといい」

お兄ちゃんとお父さんにも次々と言われ、ますます涙が止まらなくなる。

「……ありが、とう」

声を絞り出すと、お兄ちゃんに抱きしめられ、お母さんに強く手を握られた。

本当はいつだって私は、家族の輪の中に入ることができたんだ。こんなに温かいぬくもりに、手を伸ばせば触れることができたんだ……。

以前使っていた私の部屋は、当時のまま綺麗な状態を保っていた。後でお兄ちゃんから聞いたら、お母さんが家政婦さんに私の部屋も、毎日掃除するように頼んでいたようだ。

家に帰るたびに出されていた紅茶も、私が好きなものだった。いつも切らさずにストックしてくれていたらしい。

気づけなかったお母さんの想いに触れて、胸がいっぱいになった。

久しぶりに自分の部屋のベッドで横になりながら、ずっと見られずにいたスマホを手に取る。

そこには、俊也さんからの着信履歴がたくさん残っていた。それと一通のメッセージ文には【ごめん】の三文字が。

彼から送られてきたメッセージ文を見つめていると、また涙がこぼれそうになる。

私は俊也さんに謝ってほしいわけじゃない。ただ、今の俊也さんの気持ちが聞きたかっただけ。

でも俊也さんと姫乃さんのことを聞いた今、彼の口から聞くのが怖い。

お母さんたちは、無理して戻る必要はない、いくらでも家にいたらいいって言ってくれたけれど、私はいったいこの先、どうすればいいんだろう。

ひと晩考えても、その答えは出るはずがなかった。

次の日、心配する両親やお兄ちゃんに「大丈夫」と伝え、出勤した。

俊也さんとは同じ職場の上司と部下の関係だもの。いつまでも顔を合わせないわけにはいかない。

それに今日まで俊也さんは出張の予定になっている。私も一日外回り。今日だけは顔を合わせずに済むから。

幸いなことにお兄ちゃんが、私がいつ戻ってきてもいいようにひと通りの物を揃えてくれていたおかげで、着替えやメイクに困ることはなかった。

仕事にプライベートを持ち込むわけにはいかない。家を出ると気持ちを切り替えて、店舗を回っていった。

だけど街中で何度も仲睦まじい夫婦を見かけるたびに、足を止めていた。

「いいな……」

自然と漏れた声に、苦笑いしてしまう。

お互い愛し合ってこそ、夫婦という関係は成り立つはず。やっぱり最初から私たちの関係は間違っていた気がする。

どんなに努力しても、夫婦にはなれっこなかったんだ。……彼の心の中を、私で埋め尽くすことは一生できないのだから。

たとえ俊也さんをあきらめずに、姫乃さん以上に愛してもらえるようがんばっても、報われることはない。だってどうやったって亡くなった人には勝てないもの。

なんて皮肉めいたことを思いながら、再び歩を進める。

このまま俊也さんと会わない日々を続け、ひとりで考えることで、この先どうしたらいいのか答えが出るのかな。

だって本当はもう答えなんて出ているよね？　どうあがいても、さっきすれ違った夫婦のような関係にはなれないのだから。

ふと、昨日茂木さんに言われた言葉を思い出した。

『好きな人のそばにいることだけが、幸せとは限りません』

彼女の言う通りなのかも。それに私が家を出て謝罪のメッセージを送ってきた俊也さんも、傷ついているんじゃないかな。

無理して今の関係を続ければ続けるほど、お互いつらいだけなのかもしれない。

再び足を止め、俊也さんにメッセージを送った。

【昨夜はすみませんでした。今夜、話がしたいです。マンションで待っています】

逃げていたって現状はなにひとつ変わらない。かえってつらくなるだけな気がする。だったら逃げずに突き進みたい。

スマホをバッグにしまい、次の店舗へ向かった。

俊也さんから返信がきたのは、それから二時間後のことだった。

【わかった。できるだけ早く帰る】

電車の中でそのメッセージ文を読み、腹を括《くく》った。

いくらでも機会はあったはずなのに、俊也さんが私に姫乃さんの話をしてくれなかったのは、まだ彼の心の中に彼女の存在が大きく残っているからだよね。

それを私が知ってしまった以上、これまでのような関係を築くことなんてできないはず。だったらもう道はひとつしか残されていない。

店舗回りの途中で市役所に寄り、最後にもう一店舗だけ回って急いでマンションに向かった。


玄関のドアを開けると、彼の革靴があった。先に帰ってきていたようだ。

一気に緊張が走る中、リビングに続くドアがゆっくりと開いた。

「お疲れ、芽衣」

スーツ姿の彼が出迎えてくれて、それだけでなぜか泣きそうになる。

「すみません、遅くなってしまって」

涙をこらえて家に上がり、リビングに入った。

「今、コーヒーを淹れたところなんだ」

そう言いながら彼はキッチンで淹れたてのコーヒーをカップに注ぎ、ひとつを私に差し出した。

「飲みながら話そうか」

「……はい」

いつも並んで座っていたソファに腰掛け、コーヒーを啜るものの、話しだすタイミングが掴めない。勢いそのままに来てしまったけれど、なにから話せばいいんだろう。

カップを手にしたまま考え込んでいると、先に彼が口を開いた。

「昨夜はひどいことを言って、本当に悪かった」

「あ……いいえ。私のほうこそ勝手に部屋に入って引き出しの中を見てしまい、すみませんでした」

またお互い言葉が続かなくなり、沈黙の時が流れる。

なにやってるのよ、私。腹を括ってきたじゃない。……だけどこうして隣に座っているだけでドキドキするほど、私は俊也さんのことが好き。

だからこそ言わないと。これ以上好きになったら、もっと自分が苦しくなるだけだ。

自分を奮い立たせ、小さく深呼吸をして切り出した。

「あの、すみません。実は昨夜、実家でお兄ちゃんから聞きました。……俊也さんと姫乃さんのことを」

ゆっくりと彼を見ると、とても驚いている。でもすぐに目を伏せ、「そうか」と力なくつぶやいた。

「昨日の答え、今伝えてもいい？」

「昨日の答え……ですか？」

聞き返すと俊也さんは、手にしていたカップをテーブルに置き、私のほうを向いた。

「芽衣と結婚した理由。……姫乃を亡くしてから、初めてだったんだ。強く惹かれた女性は」

私もカップをテーブルに置き、彼の話に耳を傾けた。

「芽衣は誰とでもいいから早く結婚したがっていただろ？　どこの馬の骨ともわからない相手と結婚なんて、させたくない。俺が幸せにしたいと思った。同じ時間を過ごしていけば、芽衣のことを姫乃以上に好きになれると思ったんだ」

「俊也さん……」

次に彼が言う言葉を理解できて、胸がズキズキと痛みだす。

『好きになれると思ったんだ』ってことは、俊也さんは私のこと、姫乃さん以上に好きになれないいんだよね。

「昨夜、芽衣に姫乃のことを知られて、自分でも驚くほど動揺した。それと同時に思い知らされた。どうしても俺にとって姫乃は、今も変わらず特別な存在なんだって」

予想できていたのに、いざ俊也さんの口から聞くとつらい。

でもちゃんと話してくれてよかった。これで踏ん切りをつけることができるから。

「俊也さん、私と離婚してください」

バッグの中から市役所でもらってきた離婚届を取り出し、彼に差し出した。

「私……どうしようもないほど、俊也さんのことを好きになってしまったんです。だからこれ以上俊也さんと一緒にいることはできません」

彼はそっと私から離婚届を受け取り、苦しげに言った。

「芽衣のことを守る、幸せにするって約束したのにごめん。……愛してやれなくて、すまないっ」

彼の悲痛な思いが胸に突き刺さる。

結婚する前に彼から愛することはできないと言われても、イマイチ理解できなかった。好きって感情と同じだと思っていたから。

でも俊也さんを心から好きになって、姫乃さんとの過去を知り……。今なら〝好き〟と〝愛している〟の違いがわかる気がする。

心に残っていつまでも離れてくれなくて、もう自分の想いが二度と相手に届かなくても、それでも忘れられない感情を〝愛〟と呼ぶんじゃないかな。

ただ、そばにいられたら幸せだと思っていたけれど、〝好き〟と〝愛している〟がまったく違うものだと気づいてしまった以上、もう俊也さんのそばにはいられない。

私がそばにいたら、彼を苦しませるだけだよね。……このまま一緒にいたら優しい俊也さんだからこそ、私と交わした約束を守れなかったことを、悔やんで後悔すると思うから。私にとっても、俊也さんにとっても離れたほうがいいんだ。

泣きそうになるものの、必死にこらえた。だってここで泣いたら、俊也さんをますます苦しめるだけだから。

「離婚してくださいと言っても、すぐには無理ですよね。両親も交えて後で話し合いましょう。それとマンションの荷物は、のちほど引き取りにきます。……会社では今まで通り、上司と部下として接してください」

「……わかった」

いよいよ泣きそうになり、勢いよく立ち上がると、彼はうつむいたまま言った。

「こんな俺を好きになってくれてありがとう。……信じてもらえないかもしれないけど、芽衣と過ごした時間は幸せだった。……本当にありがとう」

「……っ」

お礼なんて言わないで。

私だって一緒に過ごした時間は幸せだった。こんなに胸を苦しくさせられ、強く惹かれた人は初めてだったから。そんなあなたにできるものなら、姫乃さん以上に愛されたかった。でもそれ以上に彼のことが心配。

俊也さんはこれから先もずっと、この世にいない姫乃さんを想い続け、ひとりでいるつもりなの？

それは姫乃さんの願いではなかったはず。どうか、彼女以上に愛せる人と出会ってほしい。……なんて、今の私には到底言えない。伝える前に泣いちゃいそうだもの。だって私も愛されたかったから。

感情は昂《たかぶ》って涙がこぼれ落ち、私はなにも言わずマンションを後にした。

俊也さんが追いかけてくることはなかった。

『どうしたら、愛する人のことを忘れられるのだろう』

「芽衣、荷物はこれで全部か？」

「うん」

最後の荷物をお兄ちゃんに車に積んでもらい、助手席に乗り込んだ。

「じゃあ帰るぞ」

「……うん」

お兄ちゃんが運転する車で、数ヵ月間だけ暮らした彼のマンションを後にした。

俊也さんに離婚届を突きつけてから、二週間が過ぎようとしている。

あの日泣きながら帰ってきた私を、家族はなにも言わず優しく出迎えてくれた。そして俊也さんに離婚届を渡したことを打ち明けると、お父さんは『あとのことは任せなさい』と言ってくれたんだ。

この二週間、会社で何度も顔を合わせていたが、これまで通り接することができていると思う。同僚に気づかれていないから。

でもお互い交わしたのは挨拶や連絡事項のみ。私はできるだけ俊也さんと顔を合わせないように過ごしてきた。

織田先輩が育児休暇から戻ってくるのを機に、当初の予定通り俊也さんは商品部から執行部へ異動し、本格的に後継者として働くと聞いた。離婚はそのタイミングで公表することになった。

結婚前まで住んでいたアパートは引き払っていたため、私は実家に戻った。

今日から三日間、俊也さんは出張でいない。その間に荷物を運ぶといいと彼に言われ、仕事が終わってからお兄ちゃんと荷物を取りにきた。

最後に、カードキーを二十四時間常駐しているコンシェルジュに渡して。

これでもう二度とこのマンションに来ることはない。そう思うと、たまらない寂しさに襲われた。


次の日、仕事終わりに玲子とイタリアンバルに食事に来ていた。彼女にだけは、俊也さんがアオノの後継者ということ以外すべて打ち明けていたから、こうして食事に誘ってくれたんだ。

「ねぇ、本当にこのまま離婚して芽衣は後悔しないの？」

「うん、しないよ」

迷いなく言うと、玲子は顔をしかめた。

「でも芽衣は門脇部長のこと、まだ好きなんでしょ？　それなのに……」

言葉を詰まらせる玲子。……私のためを思って言ってくれているのが伝わってくる。

だからこそ玲子には、包み隠さずに話したかったんだ。

「この前も言ったけど、好きだから別れる道を選んだの。だって好きな人には、どんなにがんばっても勝てない人が心の中にいるんだよ？　そんなのつらいだけでしょ？」

「それはそうだけど……」

彼女は納得いかないというように唇を尖らせた。

「もしかしたらこの先、ずっと一緒にいたら門脇部長の気持ちが変わるかもしれないじゃない？　その可能性だって完全にないとは言えないでしょ？」

必死に私を説得する玲子には申し訳ないけど、うなずけない。

「でも気持ちが変わらない可能性もあるでしょ？　……わずかな望みにかけてこの先も一緒にいたら、私は今よりもっと彼のことを好きになると思う。それと同時に、姫乃さん以上に私を愛してほしいと強く願ってしまうと思うの。……そうなったら私の存在が、俊也さんを苦しめるだけだと思わない？」

感情的になることなく伝えると、玲子は口を結んだ。

「ごめんね、玲子。私……ずるいと言われようと、これ以上苦しい思いをしたくないんだ。自分でも驚くほど、俊也さんのことが大好きだから。だから弱くなっちゃう」

好きって気持ちを突き通す道もあると思う。そうすれば彼の気持ちが自分に向けられる日がくるかもしれない。でも不透明で狭き道を進む勇気が私にはない。

「大好きな人だからこそ、本当は私と幸せになってくれたらいうことないんだけどね。きっと私じゃ俊也さんのことを、幸せにすることはできないから。だったら早く離れたほうがいいと思うの」

「芽衣……」

俊也さんのことを思い出すと、まだ泣きそうになる。私の中からこれっぽっちも彼に対する気持ちが消えてくれない。

パクパクと料理を口に運ぶと、玲子は笑顔で言った。

「よし、芽衣！　こうなったら私とふたりで婚活しよう‼」

「どうしたの？　藪から棒に……」

笑いながら言うと、玲子は前かがみになる。

「私もそろそろ本気で結婚したいなって思っていたの。……芽衣もさ、新しい恋をすればいいんだよ」

彼女はスマホでなにやら検索し始めた。

「芽衣がやっていた一対一の婚活じゃなくて、もっとフランクな婚活パーティーに行かない？　おいしい料理も食べられるしさ」

そう言いながら見せられたスマホの画面には、いろいろな種類の婚活パーティーの情報が載っていた。

「ふたりで行ってみようよ」

「……じゃあ、今度ね」

「うん」とは言えなかった。とてもじゃないけれど、まだ新しい恋には踏み出せそうにないから。玲子もわかってくれたようで、「気長に待ってる」と言ってくれた。

その後は俊也さんの話をすることなく、他愛ない話で盛り上がった。

何度か恋愛をしてきた。当然失恋だってしたことがある。時間が経てば、昔のように気持ちは消えていくはず――。

「昴の言っていた通り、本当に芽衣さん料理が上手ね」

「シェフも顔負けじゃないか？」

休日の昼に私が作った料理を食べて口々に褒める両親に、照れくさくなる。するとお兄ちゃんは、得意気に言った。

「そうでしょう？　俺も芽衣の手料理を食べた時はあまりのおいしさに泣いたから」

「泣いたって……。本当に昴は芽衣さんのこととなると、どうしようもないわね」

クスクスと笑うお母さんにつられて、みんな笑ってしまった。

家族四人での生活は、最初はぎこちなかったものの、少しずつ本当の家族に近づけている気がする。お母さんとは今もやっぱり敬語で話しちゃうけど、会話が増えた。

忙しいはずなのに、できるだけ家族の時間を大切にしてくれている、お父さんとお兄ちゃんのおかげでもあると思う。

「そうだ、昴。今度の連休は休みを取れそうか？」

「あぁ、大丈夫だと思うけど……」

「芽衣はどうだ？」

お兄ちゃんに聞いた後、私に聞いてきたお父さん。

「私も休めると思うよ？」

するとお父さんはある提案をした。

「じゃあ家族四人で旅行しないか？」

え、旅行？　家族四人で？

驚く私とお兄ちゃんをよそに、お母さんは歓声をあげた。

「いいわね、旅行。四人で行ったことないもの。ぜひ行きましょう」

「行き先はどうしようか」

私たちそっちのけで盛り上がる両親に、お兄ちゃんと顔を見合わせて苦笑い。

でもそっか、家族旅行……。思えば一度も行ったことがない。亡くなったお母さんとふたりで暮らしていた時は、旅行する金銭的余裕なんてなかったし、久我の家に来てからも、行ったことなかったから。

「芽衣さんはどこか行きたいところあります？」

「芽衣の行きたいところに行こう」

そう話す両親に、すかさずお兄ちゃんが突っ込んだ。

「俺の意見は聞かないのか？」

「昴だって芽衣さんの行きたいところに行きたいでしょ？」

「うっ……！　それはそうだけど……」

一枚も二枚も上手なお母さんに、唸るお兄ちゃん。ふたりのやり取りにまた私は笑ってしまった。

悲しくてつらいことばかりじゃない、こうしてお母さんと打ち解け、本物の家族になることができた。それに玲子だっている。好きな仕事だってある！　失わないもの、逆に得るものだってあるんだ。

いつまでもウジウジしていたらだめだよね。俊也さんと離婚すると決めた以上、彼のことは早く忘れるべきなんだ。

それにこうして家族と温かい時間を過ごしていたら、いつか必ず忘れることができて、自分の下した判断に、これでよかったんだって思える日がくるはず。

そんな日が早く訪れることを願うばかりだった。


一ヵ月後の午前中。この日は十時からメーカーと商談だった。十三時に終了し、玄関口まで見送りに出た。

「それではぜひご検討いただけましたら幸いです」

「はい。本日はありがとうございました」

頭を下げて見送り、見えなくなったのを確認しオフィスへと急ぐ。

お昼前には終わる予定だったのに、だいぶオーバーしてしまった。十三時半から商品部の会議が入っているのに。今朝、コンビニでおにぎりを買っておいてよかった。

急いでおにぎりを食べて、五分前に会議室に入ると、そこには俊也さんの姿もあった。同僚と話している彼の姿を、チラチラ見てしまう。

ほぼ毎日会社で顔を合わせているけど、こうしてまじまじと彼の姿を見るのは久しぶりかも。だから気づかなかったけど、俊也さん少し痩せた気がする。

共に生活をした中で料理を教えたけど、まだまだ自炊できるレベルではなかった。今はご飯どうしているんだろう。また家事代行サービスを利用し始めたのかな？

いつの間にかジーと見つめてしまっていると、隣に座っていた同僚がコソッと耳打ちしてきた。

「姫野さん、旦那さんを見すぎですよ」

バッと横を見ると、同僚はニヤニヤしている。

「いいですね、新婚さんは」

「……そんなんじゃないですよ」

ズキッと胸を痛めながら笑ってごまかす。

なに考えているんだろう、私。……もう自分には、俊也さんを心配する資格なんてないのに。

頭の中から俊也さんの存在を払拭して、始まった会議に集中した。

月に一度行われる商品部の定例会議では、情報交換がメイン。それと売り上げが落ちた店舗を検証し、どうしたら商品が売れるか思案したりもする。各自、担当している部門の売り上げ報告もある。

順番に先月の売り上げを報告していく中、いよいよ次は私の番。読み上げる書類を準備していると、俊也さんが口を開いた。

「お疲れ。今月もこの調子で頼む。……じゃあ次、姫野」

――え……？　今、俊也さん……私のこと、『姫野』って呼んだ？

信じられなくて、彼を見つめてしまう。

「どうしたんだ？　姫野」

やっぱり聞き間違いじゃない。俊也さん、私のことを『姫野』って言った。動揺を隠せずにいると、隣の同僚が心配そうに声をかけた。

「大丈夫ですか？」

「あ……はい、すみません」

慌てて立ち上がり、バクバクとうるさい心臓を必死に静めながら書類を読み上げていく。

これまで一度も『姫野』と呼んだことなどなかったのに、なぜ急に？

「……以上です」

報告を終え腰を下ろすと、彼は頬を緩めた。

「織田からひとり立ちしたばかりにしては、数字を出せている。……よくがんばったな。今後も期待している」

それはほかの同僚と同じように、以前にもかけられたことのある言葉。

「……ありがとうございます」

小さく頭を下げると、次の同僚が報告していく。だけど私の耳にはなにも届かなかった。

上司と部下として接してくださいと言ったのは私だ。これまでだって、俊也さんは結果を出せたら、褒めてくれた。名字で呼ぶことだってあたり前のこと。ほかのみんなも名字で呼び捨てだもの。

でも俊也さんはずっと、私のことを『姫野』と呼んではいなかった。それなのに呼んだってことは、彼の中で大きな変化があったからだよね？

私とのことをすっぱり忘れ、姫乃さんのことを想い続けていこうと決めたのだろうか。それとも新たに姫乃さん以上に愛せる女性との出会いに、前向きになった？

俊也さんは会社の後継者だもの。結婚して跡継ぎを作ることも大切なことだよね。だからご両親に結婚を急かされていたわけだし。

自分でも願っていたじゃない。俊也さんにいつか、姫乃さん以上に愛することができる人との出会いがあれば……と。それなのに……っ！

時間が経てば、忘れられると高を括っていたけれど無理な気がする。だって離れても同じ会社に勤めている限り、どうしても目で追ってしまうもの。彼の言動ひとつに、こんなにもまだ胸を苦しくさせられている。

会議は時間通り終了し、みんな次々と会議室から出ていく。私も荷物をまとめて席を立った時、俊也さんに呼び止められた。

「姫野、ちょっといいか？」

彼に呼ばれ、ビクッと体が反応してしまう。それでも平静を装った。

「はい、なんでしょうか」

彼のもとへ歩み寄ると、ＵＳＢメモリを渡された。

「競合店の今後のキャンペーン情報をまとめてある。それを見て対策案を出してくれ」

「わかりました」

仕事のやり取りなのに、ズキズキと胸が痛んで仕方ない。早くこの場から立ち去りたい一心で、頭を下げて会議室を後にした。

そのまま自分のデスクに戻り、パソコンを起動させるものの、胸の痛みは消えてくれない。

仕事にプライベートを持ち込みたくない。育休中の織田先輩が安心して休めるように失敗なんてしたくない。でも私、このままじゃだめな気がする。

その日からなんとなく求人サイトを見るようになった。もちろん織田先輩が戻ってくるまでは、責任を持って務めるつもりだ。

でも織田先輩が戻ってきた後も、仕事を続けていける自信がなくなっている。俊也さんは異動になるけど、同じ会社にいることに変わりない。次期社長だもの、嫌でも彼の話は耳に入ってくるはず。

どうしたら、愛する人のことを忘れられるのだろう。でも同じ会社で働いていたら、いつまでたっても忘れられない気がする。

だったらいっそのこと、思い切って転職して、新たな生活をスタートさせるのもいいのかもしれない。

一年あればじっくり仕事を探せるし、それにお金も貯められる。いつまでも甘えて実家にいるわけにはいかないよね。

お兄ちゃんだって近い将来、結婚するんだ。そうなったら私は邪魔になるもの。

食後、リビングのソファに座って求人サイトを眺めていると、帰宅したお兄ちゃんが、いつの間にか背後からスマホ画面を覗いていた。

「求人サイトって……なんだ、芽衣。お前転職するつもりなのか？」

びっくりして肩を震わせながら振り返ると、ネクタイを緩めながらお兄ちゃんが聞いてきた。

「だったらうちの会社に来たらどうだ？」

「え、うちの会社って……お父さんの会社？」

「あぁ。身内だと知られたくないなら、姫野のままで働けばいい」

今まで考えもしなかった。お兄ちゃんと一緒にお父さんの会社で働くことを。

すると家政婦さんが帰宅したため、代わりにキッチンでお兄ちゃんの食事の用意をしていたお母さんが話に入ってきた。

「それはいい話だわ。私もずっと考えていたの。だっていずれ俊也君がアオノの社長に就くんでしょ？　……彼の下で芽衣さんを働かせたくないもの」

俊也さんとの一件以来、お母さんの彼に対する態度がガラリと変わった。こうして俊也さんのことを悪く言うこともしばしば。

なんて言ったらいいのかわからなくて、お兄ちゃんを見てしまう。

「まぁ、俊也には申し訳ないが俺も母さんと同意見だ。どうだ？　転職を機に見合いをしてみるのもいいんじゃないか？」

「見合いって……なに言ってるの？」

まだ正式に俊也さんとの離婚も成立していないというのに。だけどお兄ちゃんの話に、お母さんもキッチンからこちらに駆け寄ってきた。

「私もいいと思います。もちろん無理強いはしません。……でも、少しでも前向きになってくれたら私たちはうれしいわ」

「お母さん……」

一緒に暮らしていて、家族みんなが私の幸せを願ってくれているのをヒシヒシと感じる。玲子だってそうだ。

もっと前に進まなければ、俊也さんのことを忘れることなんてできないのかも。

「わかりました。……考えてみます」

私の答えを聞き、お兄ちゃんとお母さんはホッとした顔を見せた。

俊也さんはきっと、もう前に進んでいる。私も新しい環境で新たな出会いがあれば前に進めるはずだから。

『気づいたら、キミが心の中にいたんだ　俊也ＳＩＤＥ』

「芽衣っ……！」

離婚届を突きつけて立ち去る芽衣を、追いかけることができなかった。虚しく玄関のドアが閉じる音が耳に響き、俺はただ、離婚届を握りしめ、立ち尽くしていた。


「そうか、離婚……」

「ごめん」

次の日、俺は朝早く実家を訪れていた。そして両親に芽衣とのことを伝えた。芽衣も言っていたが、俺たちは離婚したいからと言っても、すぐにはできないから。

「わかった、今後のことは久我さんと話そう。……しかしそうか、お前の心の中には、まだ姫乃ちゃんがいたんだな。今回のことは、それなのに結婚を急かした父さんの責任でもある」

「いや、父さんのせいじゃない。全部俺が悪いんだ」

芽衣との結婚を決めたのは俺自身だ。芽衣がほかの男と結婚するのが嫌だった。だからあんな形で結婚を急いだ俺が悪い。

もっと冷静に判断するべきだった。自分にとっての姫乃という存在を再確認するべきだったんだ。

沈黙の時が流れる中、父さんの隣で静かに聞いていた母さんが口を開いた。

「俊也……あなたは少し真面目に考えすぎじゃないかしら」

「えっ？」

「えっ？」

父さんと声をハモらせて母さんを見ると、口もとを緩めた。

「俊也が姫乃ちゃんをどれほど愛していたか、痛いくらい覚えている。そんな人を忘れることなんて不可能でしょ？　あなたの中から消えることは、一生ないと思うわ」

そう前置きすると、母さんは真っ直ぐに俺を見つめた。

「でもそれは私とお父さんも同じ。幼い頃から知っていた子ですもの、姫乃ちゃんの存在が消えることはないわ。それはあたり前のことなのよ？　故人を忘れることなんて誰にもできないの」

「母さん……」

すると母さんは困ったように眉尻を下げた。

「今のあなた、姫乃ちゃんが亡くなった頃と同じ顔をしてる。つらそうで苦しそう。……俊也が気づいていないだけで、芽衣さんはあなたにとってかけがえのない、大切な存在になっているんじゃないの？」

「……まさか」

思わず漏れた声。だけど母さんはいつになく厳しく追及してくる。

「本当に？　よく自分の気持ちを考えてみなさい。少なくともお母さんは、芽衣さんを私たちに紹介する俊也を見て、心から安心できたわ。……やっと姫乃ちゃん以上に、愛することができる女性と巡り合えたと」

「そうだな、芽衣さんを私たちに紹介する俊也は幸せそうだった。どれだけ芽衣さんを大切に思っているか伝わってきた」

母さんに続いて父さんまでそんなことを言いだすものだから、動揺してしまう。

「なに言ってるんだよ、ふたりとも……」

戸惑いを隠せずにいる俺に、ふたりは顔を見合わせた。

「おそらくすぐに離婚……とはいかんだろう。まだ時間はある。ひとりになって冷静に考えろ」

「お母さんもそれがいいと思うわ。お願いだから、後悔するような人生だけは歩まないで。……芽衣さんは生きていることを忘れないでほしい」

母さんの切実な思いに胸が痛む。

姫乃が亡くなり、人生のどん底だった。当時は気づけずにいたが、どれだけふたりを心配させたか。もう二度とふたりには心配かけたくなかったのにな。

「わかったよ、考えてみる」

そう言うとふたりは安心した顔を見せた。

だけど正直、なにを考えればいいのかわからない。どうしても俺の中から姫乃という存在は消えない。でも母さんはあたり前だと言う。

こんな状態で誰かを好きになれるはずないじゃないか。……ましてや姫乃以上に愛することなどできないはずだ。

考えても出ない答えに悩みながら日々は流れていった。

会社で芽衣と顔を合わせても、彼女の願い通りこれまでと変わりなく気丈に接した。芽衣もまた以前と変わらず接してくる。それが俺を苦しませた。

二週間が過ぎた頃、芽衣の存在を早く消したくて、出張中に荷物を取りにきたらどうだろうかと提案した。

きっと芽衣も俺がいる中、荷物を運び出すのは気まずいと思っているだろうから。

だけど自分で提案したくせに、いざ出張から戻り、家の中から芽衣の痕跡がなくなっているのを見ると寂しさに襲われた。

芽衣が使っていた部屋は綺麗に片づいていて、歯ブラシや化粧品など、日用品もすべてなくなっていた。

コンシェルジュから渡されたカードキーを握りしめ、誰もいない部屋を見て回る。

離婚を受け入れたのは自分なのに、なぜこんなにも心が痛むのだろうか。

俺にとって芽衣は、どんな存在なんだ？　惹かれていたのはたしかだ。だから彼女と結婚したいと思ったのだから。

でも姫乃以上に好きにはなれなかった。……はずだよな？

自分の気持ちなのにわからない。ただ、芽衣がいない部屋にはいたくなくて、あてもなく家を出た。

二十時過ぎの駅前通りは、多くの人であふれていた。賑やかな繁華街を抜けると、大きな映画館がある。おもむろに上映作品を見れば、まだあの作品が上映されていた。

「余命三ヵ月……か」

芽衣とデートした日に初めてこの映画のポスターを見て、昔の記憶が走馬灯のように駆け巡った。

あの時、芽衣ならどうするのか気になって尋ねたら、意外な答えが返ってきた。

芽衣は病気で亡くなったお母さんのように、自分の命の期限がわかっているのは、ある意味幸せじゃないかと言った。

お母さんは残される芽衣のために、この世を去る準備をしてくれたとも。……姫乃もそうだったのだろうか。

姫乃を亡くした悲しみを思い出したくなくて、この映画を観るつもりはなかったが……。見たら自分の気持ちに答えを出せる気がする。

自然と足は映画館の中へ向かい、ちょうど始まる五分前に館内に入った。夜の上映回にもかかわらず、館内は満席に近い。一番うしろの端の席に座り、始まった映画を静かに鑑賞した。

大学時代から続いていたふたりの交際は順調に進み、二十五歳の時に婚約することになる。

幸せでいっぱいのふたりだが、彼女の病気が発覚。余命宣告をされ、そこからふたりの葛藤が始まった。

まるで昔の自分たちを見ているようで、胸が張り裂けそうだった。

だけどスクリーン越しにお互いの心情を見て感じることで、当時のことを冷静に考えることもできた。

姫乃は、俺の前では常に強くいた。自分の死期が迫っていると知っていたからこそ手紙を残してくれた。

でも映画の中の彼女のように、死にたくないとひとりで泣いていたのかもしれない。俺にどうしようもない気持ちをぶつけることができず、ひとりで苦しんでいたんじゃないだろうか。

「俺……なにやっていたんだろう」

ボソッと漏れた声と同時に、ひと筋の涙が頬を伝った。

もっと姫乃に寄りそうことができた。映画の中の婚約者のように、『キミがいなくなったら生きていけない』と思いっきり自分の気持ちをぶつけることだってできたはず。そうしたら姫乃も、自分の気持ちを伝えてくれたんじゃないだろうか。

芽衣が言っていた言葉を思い出す。

『自分のいない世界で生きる好きな人の幸せを願えるのは、とっても強い人だと思います』

あの時は、芽衣の言う通りだと思った。……だけど姫乃を強くさせてしまったのは、俺だと思う。

俺が頼りないから、姫乃は弱音を吐き、甘えることができなかったのかもしれない。強くなるしかなかったんだ。

最後まで姫乃のためになにもできなかった俺には、もう誰かを愛する資格などないのに……。

涙が止まらない中で迎えたクライマックス。彼女は懸命な治療の末、亡くなってしまった。

姫乃と同じように、愛する人にいつか自分より好きになれる人と出会って、幸せになってほしいという願いを託して――。

だけどその彼は、彼女の願いを叶えることはなかった。年を重ね、幸せだった頃のふたりの写真を抱きしめたまま、静かにひとり息を引き取った。

エンドロールが終わり、次々と客が席を立つ中、俺はなかなか立ち上がることができなかった。

なぁ、姫乃……。手紙に書かれていた通り、本当にお前のいない世界で、自分以上に愛する女性と幸せになってほしいと願ってくれたのか？

それとも、自分以外の女性を愛することなど望んではおらず、ただの強がりだったのか？　もし、そうだったなら……っ！

俺も映画の中の彼のように、姫乃以上に好きになれる相手とは出会えないと思った。

それなのに俺は芽衣に惹かれていった。

姫乃に対する罪悪感に、胸が押しつぶされそうになる。

「ごめんな、姫乃……」

映画館スタッフに声をかけられるまで、俺は声を押し殺して泣き続けた。


芽衣への気持ちと、心の中で生き続けている姫乃の存在に悩まされながら過ごした数日後、商談を終えて会社に戻ると受付から連絡が入った。俺に来客だと。

「誰だろう」

廊下を突き進みながら心あたりを探るものの、思いあたらない。誰かと会う約束はしていないし、なにより受付から聞いた話では相手は俺の知り合いとだけしか、言っていないようだ。

これまで関係を持った女性だろうかと思ったが、年配の女性と言っていたし……。

気になりながらも応接室に通された相手のもとへ向かう。

緊張しながらノックしてドアを開けると、背を向けてソファに座っていた女性は立ち上がった。そして振り返り俺に深々と頭を下げたのは、姫乃の母親だった。

呆然と立ち尽くす俺におばさんは笑いかけた。

「久しぶりね、俊也君」

「おばさん……どうしてここに」

おばさんのもとへ歩み寄ると、再びソファに腰を下ろした。俺もまた向かい合う形で座る。

「ごめんなさい、突然うかがってしまい。……俊也君が結婚したと聞いて、居ても立っても居られなくて」

「……それは」

そうだよな、俺から報告せずとも狭い世界だ。いずれ耳に入るはず。

「すみませんでした、しっかりご報告せず……」

頭を下げた俺におばさんは、「謝らないで」と言う。

「むしろあなたが結婚したと聞いて、とてもうれしかったわ。これで姫乃も安心できたんじゃないかしら」

「えっ？」

するとおばさんはバッグの中から、色褪《いろあ》せた一通の手紙を差し出した。

「やっと俊也君に渡せる。……これを渡したくて来たの」

の文字だ。

ジッと手紙を見つめると、【俊也へ】と綴られていた。見間違えるはずない、姫乃
顔を上げるとおばさんは目を潤ませた。

「生前、姫乃から託されていた手紙は、もう一通あったの。ひとつは自分が亡くなってから渡してほしいと頼まれ、もうひとつは俊也君が結婚する時に渡してって。……俊也君、どうかあの子の最期の願いを聞いてあげて」

姫乃の最期の願い……？

震える手で手紙を受け取る。

「今、読んでもいいですか？」

「もちろん。読んであげて」

ハンカチで涙を拭うおばさんの前で、俺は姫乃が綴った手紙を目で追った。

【俊也、結婚おめでとう。この手紙を読んでいる時、俊也は何歳なんだろう。私が生きたかった未来を楽しんでいますか？】

そんな文面から始まった手紙に、泣きそうになる。

【私以上に好きになれた人と巡り合ってくれたことをうれしく思います。でもきっと

「これは……？」

俊也のことだから、私を忘れるわけにはいかないって真面目に考えていない？　それは違うからね。俊也、もう私のことは忘れていいんだよ。私は俊也の中で永遠に生き続けたくないの。あなたと一緒に人生を歩みたかったんだから。そんな私はきっと死んでも、俊也の隣にいると思う。これからふたりで過ごすはずだった楽しくて幸せな人生を、愛する人と共に私に見せて。それが私の最期の願いです】

視界がぼやけ、涙が頬を伝っていく。

【決して強がりじゃないからね？　俊也に綴った文字はすべて私の本心です。だって私は、もう俊也のそばにいられないのだから。そんな私が最期にできることは、こうして俊也の幸せを願うことだけなの。俊也なら私の気持ちをわかってくれると信じています】

そして最後にＰＳ……と綴られていた言葉。

【私たち、まだまだ子供だけどお互いの気持ちは本物だったよね。だからお願い。お揃いのペアリングを、海に投げてください。永遠に海を彷徨《さまよ》って、私たちが愛し合った日々が消えることのないように。そして俊也は新たな幸せを掴んで】

涙を拭い封筒を逆さにすると、中には姫乃に贈った指輪が同封されていた。

「姫乃っ……」

涙はとめどなくあふれ、胸が張り裂けそうになる。

姫乃はわかっていたんだな、大人になった俺の気持ちを。

どこかで俺、姫乃を忘れるのを恐れていた。もうこの世にいない姫乃は、俺の中で生き続けている。それがいなくなってしまったら……？

いつか絶対に、私以上に好きになれる相手と出会ってほしいと、姫乃の手紙に書かれていた。でも心のどこかでずっと、彼女に悪い気がしていたんだ。

生涯愛する女性は姫乃だけだと誓ったのに、誓いを破ることになるから。

俺だって本当は姫乃と一緒に未来を生きたかったよ。隣で笑い合って、過ごしたかった。

なぁ、姫乃……。この手紙に残してくれたお前の言葉は全部、ただの強がりじゃない。最後に俺に言ってくれた言葉が本心だって、本当に信じてもいいんだよな？

『ずっと私のそばにいなくてもいい。俊也には俊也の人生を、楽しく生きてほしい』

『こうして俊也や昴、たくさんの友達と出会えて、私は幸せ』

『ありがとう、俊也。大好きだよ』

今でも当時のことを鮮明に覚えている。とても強がっているようには見えなかった。

俺が姫乃の分まで、この先の人生を楽しく幸せに過ごすことが、姫乃のためでもあると信じたい。

その時、おばさんの隣に真っ直ぐに俺を見つめて微笑んでいる姫乃が現れた。言葉を発することなく微笑む彼女は、まるで俺に『それでいいんだよ』と訴えているよう。

俺の願望が幻覚を見せているのかもしれない。……だけど彼女はふわりと宙を舞い、俺の隣に立った。

そして最後までなにも話すことなく、笑顔で俺に手を振りながらゆっくりと消えていった。ずっと隣にいるからというように――。

俺の背中を押してくれた。自分の分も幸せになってほしいと願ってくれている。……もう、そう信じてもいいよな？

「あの子のことを覚えている人間は私と主人だけで十分。……俊也君はどうか姫乃の分も幸せになって。あなたが幸せになることが、姫乃にとってなによりの供養になるから」

「……は、い」

指輪を握りしめ、何度もうなずいた。

次の休日。姫乃の最期の願いを叶えるため、俺はひとり近くの海岸を訪れていた。

俺の手にはふたつの指輪。太陽に照らされ、キラキラと光り輝いている。

学生だった俺にはこの指輪を買うのが精いっぱいだったけれど、姫乃は喜んでくれたよな。

そのまま海を眺めれば、波が寄せては返しを繰り返している。それは永遠に変わることのない光景。

「ありがとう、姫乃」

お前のおかげで自分の気持ちに気づくことができたよ。俺は姫乃を理由に、自分の気持ちから逃げていたんだ。

手紙に書かれていたように、姫乃ならきっと俺の中で生き続けるより、隣で生き続けたいと言うよな。

何度も姫乃の手紙を読み返し、昔の記憶がよみがえった。姫乃と出会い、最初からほかの子とは違う感情を抱いていたと思う。

付き合うようになってから姫乃に、『いつから私のことを好きだったの？』と聞かれたことがある。あの時は照れくさかったのもあり、『いつでもいいだろ？』なんてはぐらかしたが……。

「気づいたら、キミが心の中にいたんだ」

好きになった瞬間など、覚えていない。むしろ、今好きになったと気づけるものなのか？と疑問に思う。恋愛感情は知らないうちに育つものだと思うから。

そして今の俺の心の中にいるのは姫乃じゃない。……芽衣なんだ。気づいたらこんなにも彼女で心を埋め尽くされている。

好きになる要素はたくさんあった。仕事に対する真摯な姿勢に、他人を思いやる心。そのくせ自分のことは疎かになる。

家族と向き合うことができない不器用な一面もあり、頼ったり甘えたりするのが下手。でも真っ直ぐで純粋な子……。

なにより芽衣と過ごした日々はこの上なく楽しかった。居心地がよく、彼女とならば毎日笑って過ごせる。

だから俺は芽衣と結婚したいと思ったんだ。……きっと最初から、自分が思うよりもずっと愛していたんだ。でも――。

「姫乃は忘れてもいいと言うけど、お前のことも一生忘れない。……ずっと隣にいてくれ」

最後にギュッとふたつの指輪を握りしめ、海に向かって投げた。

弧を描いて海に落ちていく指輪を眺めながら、姫乃と過ごした日々が走馬灯のようによみがえる。

よくけんかもしたし、つらい日々もあった。すべて忘れないよ。

姫乃に胸を張って幸せだと言える人生を歩むよ。だからずっと隣で見ていてくれ。

空に向かって思いを馳せると、まるで彼女が応えるように強い風が吹き荒れた。

きっと姫乃も俺の背中を押してくれている。そう、自惚れてもいいよな？

もう一度広い海を目に焼きつけ、海岸を後にした。


芽衣に想いを伝えたい。……でもまずはご両親に謝罪するべきだ。彼女を幸せにすると誓ったのに、ほんの数ヵ月で傷つけてしまったのだから。

芽衣とは周囲から祝福されて幸せになりたい。この先の未来もずっとそばにいてほしいから。

そのためにも筋はしっかり通すべき。……しかし当然ながら、久我社長をはじめ、芽衣の母親は話を聞いてくれるどころか、会ってさえくれなかった。

「まぁ、当然の報いだろうな」

「あぁ、わかってる」

仕事中に父さんに社長室に呼ばれ向かうと、話は芽衣のことだった。

「久我さんから私にも連絡がきたよ。芽衣はもう二度と俊也君のもとへ戻すつもりはないからと」

「……そっか」

あたり前だよな。こんな男に大事な娘を託せるわけがない。

「聞いたところ、お前との一件以来、皮肉なことに芽衣さんは母親とのわだかまりがなくなったそうだよ」

でもそれは芽衣にとっていいことだよな。ずっと疎外感を抱いていたと言っていたし、なにより芽衣が結婚を焦っていたのは、あの家との関わりを断つためだった。

きっと芽衣は、お母さんに嫌われていると言いながら、好かれたいと思っていたはずだから。

「ご両親の許しを得ないことには、芽衣さんに想いを伝えないつもりだろ？　どうするんだ？　このままあきらめるか？」

「そんなわけないだろ？　門前払いされようと、何度も頭を下げにいくよ。それから正々堂々と芽衣にもう一度プロポーズする」

自分の想いをハッキリ伝えると、父さんは大きくうなずいた。

「それを聞いて安心したよ。父さんからも久我さんを説得する。お前はお前で誠意をしっかり伝えるんだ」

「ありがとう」

芽衣と歩めない人生など考えられない。たとえ今はもう芽衣に嫌われているとしても、あきらめない。もう一度振り向かせてみせる。

彼女への想いを必死に抑えながら、会社では上司と部下として接し、時間が空けば芽衣のご両親に会いにいった。

なかなか気持ちが伝わらない日々にヤキモキし、焦りを覚えるばかり。

以前から思っていたが、芽衣はかわいい。このまま彼女に気持ちを伝えられずにいたら、誰かに取られる可能性だってある。そう思うと怖くなった。

また婚活を始めたらどうしようかと思い悩む中、どんな形でもいい、少しでも芽衣に今の俺の気持ちを伝えたくて、会社では芽衣のことを『姫野』と呼ぶことにした。

今の俺の心の中にいるのは姫乃じゃないと、メッセージを送るように。

しかし一ヵ月が過ぎても、ご両親に会うことも叶っていない。八方塞がりで切羽詰まった状況の中、取引先から直帰途中に昴から電話がかかってきた。

足を止めて歩道の端に寄り、スマホを見つめてしまう。

昴には芽衣を迎えにきてほしいと連絡を取って以来、こちらから連絡をすることができずにいた。

芽衣のことを愛していると気づいてからも、昴とは話していない。なんとなくご両親を通さず、昴に伝えるのはずるい気がしたから。

きっとあいつなら、『俺がひと肌脱いでやるよ』と言ってくれそうだし。だから電話には出ないほうがいいのかもしれない。

そのままポケットにしまって再び歩を進めたものの、なかなか鳴りやまない着信音。かれこれ一分以上鳴り続けている。

周囲の目も気になり、コンビニの前で立ち止まり電話に出た。

「もしもし」

『遅いんだよ、出るのが。俺だって暇じゃないんだ』

「だったらかけてくるなよ」

話をするのは久しぶりなのに、いつもと変わらないやり取りになんだかおかしくなる。

こういう時でも昴は変わらないでいてくれる。それがありがたい。

『いいのか？　そんなこと言って。芽衣に関する重要な話なのに』

「えっ」

意味深なことを言う昴に、緊張が走る。

「なにかあったのか？」

『知りたいか？』

焦らす昴に苛立ちを覚える。

「知りたいに決まってるだろ？」

『離婚するのに？』

「しないから。……もう芽衣を手放すつもりはない」

すかさず突っ込んできた昴に力強く言うと、彼は声をあげて笑いだした。

『アハハ、そうか。それを聞いて安心したよ。……やっとお前の中は芽衣でいっぱいになったんだな』

「……あぁ」

素直にうなずくと、昴は深く息を吐いた。

『父さんから聞いたよ。芽衣とやり直したいんだろ？　だけど門前払いされているぞうじゃないか』

愉快そうに昴は続ける。

『父さんは話だけでも聞こうという気になっているが、母さんが頑固でな。……昔から芽衣のことを誰よりも大切に思っているから』

「……そうか」

父さんから聞いた話はどうやら本当のようだ。芽衣、お母さんとうまくいっているんだな。

『俺としては大切な妹と親友がうまくいってほしいよ。……でも芽衣は違うからなぁ』

「どういうことだ？」

意味深なことを言う昴に尋ねると、彼は話してくれた。

『芽衣は俊也のことを忘れようと必死だ。……育休中の先輩が職場復帰するのを機に、転職することも考えているみたいだぞ？　ならうちの会社に来ればいいと話した。それと俊也の気持ちは知らなかったから、見合いを勧めたら家族みんな乗り気だ』

転職に見合いって……嘘だろ？

言葉を失う俺に、昴は真剣な声色でたたみかけてきた。

『いいのか？　このまま芽衣に気持ちを伝えなくて。筋を通すことも大切だと思うが、一番大切なのは、なにより先に芽衣にお前の気持ちを伝えることじゃないのか？』

「それは……そうかもしれないが、俺はみんなに祝福されて芽衣を幸せにしたいんだ。そのためにもご両親に認めてもらうのが先決だろ？」

お母さんとの関係が良好ならなおさらだ。傷つけてしまった分、本当の意味で芽衣を幸せにしたいと心から思うから。

自分の考えを述べると、昴は盛大なため息を漏らした。

『これだから俊也は……。本当、お前のバカ真面目なところは昔から変わらないな。……いいんだよ、時には常識はずれな行動に出たって。あの時もそうだっただろ？　冷静さを失い、姫乃に指輪を買うんだって暴走したお前はどこ行った』

「昴……」

『芽衣の気持ちをしっかりつなぎとめてから、うちの両親を説得する手もあるんじゃないか？　……芽衣はそのほうが喜ぶと思うぞ？　まぁ、ウカウカしている間に父さんお墨付きの男に芽衣を奪われてもいいなら、話は別だが』

「……っいいわけないだろ⁉」

声を荒らげると、昴はすぐに言った。

『だったら今すぐ芽衣を抱きしめてこい。……芽衣なら今日は残業で遅くなるって連絡があったようだから』

「わかった。……ありがとうな、昴」

昴のおかげで目が覚めた。誰よりも先に芽衣に気持ちを伝えるべきだったのだと。

『今日のこと、しっかり芽衣に伝えてくれよ？　そうすれば芽衣の中で俺の株が上がるから』

昴らしい物言いに笑いながら、もう一度礼を言い通話を切った。

ずっと伝えたかった想いを彼女に告げよう。傷つけてしまった分、もう二度と悲しい思いはさせない。……一生幸せにすると。

急いで会社へ向かった。

ここ最近、休日はお母さんと昼食を作ることが日課となっていた。

「うん、芽衣さん、とってもいい味つけ。おいしいわ」

「……よかったです」

味見をしておいしいと言ってくれたお母さんにうれしくなる。

「いい匂いだな」

お父さんはキッチンに入ってくると、鼻をスンスンさせた。

「あなたったら。もう少し待っててください」

「楽しみにしてるよ」

今までだったら休日でも家政婦さんが作った料理を、家族で食べていた。でも今は違う。

休日は家政婦さんに休んでもらい、私とお母さんで作っている。並んでキッチンに立つ時間はまだ慣れなくて、恥ずかしくもあるけれど幸せだった。

それからお兄ちゃんも交えて、四人で旅行の話をしながら昼食を取った。

その日の夜、入浴を済ませて自分の部屋に入ると同時にスマホが鳴った。相手は玲子だった。

『やだ、絵に描いたような幸せな家族じゃない』

「……うん」

最近は家族とはどうなの？と聞かれて話すと、玲子は自分のことのように喜んでくれた。

『そんな家族のためにも早く幸せにならないと。……というわけで、電話する前に幸せへの切符をお送りしたので、ご査収ください』

「なに急に」

丁寧に言う玲子に笑いながら聞くと、以前から誘われていた婚活パーティーの案内メールを送ったとのこと。

『倍率が高いパーティーにダメもとで申し込んだら当選したの。私、どうしても行ってみたくて……。お願い、芽衣！　付き添いでいいから一緒に来てくれない⁉』

まだ婚活する気にはなれないけど、でも参加してみるのもいいのかもしれない。それにほかでもない玲子にこうも必死にお願いされたら、断れないよね。

「わかったよ、一緒に行こう」

『本当？　いいの⁉　ありがとう芽衣！』

喜びを爆発させる玲子にまた笑ってしまった。

通話を切った後、玲子から送られてきた案内メールを見ると、どうやら男性の参加条件は高収入なことのようだ。これは玲子も行きたくなるわけだ。……開催日は一ヵ月後か。

「着ていく服あったかな」

クローゼットの中にある服を、一着ずつチェックしていく。

こうやって少しずつ前に進んでいけばいいよね。だっていきなり俊也さんのことを忘れるのは無理だもの。

まずは婚活パーティーに参加することから始めよう。


週明けの月曜日、出かける準備を済ませて家政婦さんが用意してくれた朝食を食べていると、お父さんが切り出した。

「芽衣、ちょっといいか」

「うん、どうしたの？」

食べる手を止めて尋ねると、なぜかお母さんと顔を見合わせた。

「実は芽衣に会いたいという男性がいるんだが……」

「えっ……」

それはつまり、お見合いってこと、だよね？

驚き固まる私にお母さんが言う。

「私も昔からよく知っているかたですが、とても素敵な人です。……一度お会いしてみたらどうですか？」

そう言われても「はい」とは言えない。たしかにお見合いの話をされていた。でもまだ私は俊也さんと離婚していないし、もっと先のことだとばかり思っていたから。

すると話を聞いていたお兄ちゃんが助け船を出してくれた。

「父さんも母さんも急すぎ。芽衣が困っているだろ？」

するとふたりは申し訳なさそうに眉尻を下げた。

「そうね、ごめんなさい芽衣さん」

「悪かった。……だが、今の状況を理解し、それでも芽衣に会いたいという男性がいることを覚えておいてくれ」

口々に言われ、私はただうなずくことしかできなかった。

時間が合う時は、いつもお兄ちゃんが駅まで車で送ってくれていた。この日もお兄ちゃんが運転する車で駅に向かう。

信号が赤に変わり車を停車させると、お兄ちゃんは後部座席に腕を伸ばし、封筒を私に渡した。

「ほら、これ」

「え、なに？」

突然渡された封筒とお兄ちゃんを交互に見つめてしまう。すると耳を疑うことを言った。

「芽衣に会いたがっている男の写真。父さんから預かってきた」

「……えっ⁉」

どうして？　だってさっき、私のこと助けてくれたよね？

信号は青に変わり、車を走らせながらお兄ちゃんは言う。

「俺はべつに会うだけなら会ってもいいと思うぞ？　断ってもいいんだから」

「でも……」

やっぱりまだ前向きにはなれない。

「じゃあせめて父さん、母さんお墨付きの相手の顔くらい見てやったら？」

そう言うとお兄ちゃんは再び信号で止まった時、私の頭をポンとなでた。

無理だよ、お見合いなんて。会うだけといっても相手に迷惑をかけるだけ。だって私の心の中は、まだ俊也さんでいっぱいだから。

受け取った封筒をギュッと抱えた私を乗せて、お兄ちゃんはそれ以上なにも言うことなく車を走らせた。

「どうしよう、仕事が終わらない……」

今日は外に出ている同僚が多く、終業時間を一時間も過ぎるとオフィスには私ひとりだけとなった。

こうなったのも全部お兄ちゃんのせいだ。……お見合い写真なんて渡してくるから。なんてお兄ちゃんに責任転嫁するなんてひどいよね。仕事が終わらないのは全部自分のせい。

バッグに入れっぱなしのお見合い写真が気になって、仕事が手につかなかったから。そのまま机に突っ伏してボードに目をやると、俊也さんは朝から外回りで直帰と書かれていた。だけど今日は顔を合わせずに済んでよかった。

ため息ひとつこぼし、仕事に取りかかった。でもすぐに手は止まり、今度は自分の左手薬指にはめられている指輪を見つめてしまう。

周囲には結婚生活が順調だと思われている。離婚を発表するまでは、この指輪も外せそうにない。

幸せの証であるはずのものが、私を苦しめる。この指輪をしている間はまだ、法律上は俊也さんの奥さんなのだから。

「……もう、いい加減ウジウジしすぎ」

来月には玲子と婚活パーティーに行くって決めたじゃない。仕事だって織田先輩が戻ってきたら、辞めることも考えている。お見合いだって……。

「そうだよ、前向きに検討するべきよ」

離婚予定だけど、まだ籍を入れている今の私の複雑な状況を知っても会いたいと言ってくれる人なんて、なかなかいないよね。

バッグの中から封筒を取り出した。

俊也さんはきっと、前に進んでいる。だったら私もいつまでも振り返ってばかりいたらだめだよね。正式に離婚したら、彼とは別々の道を進んでいくんだから。

封筒の中から写真を取り、ドキドキしながら開いた。

「――え、どういうこと？」

そこに写っていたのは、俊也さんだった。

もしかしてお父さんが間違えたとか？　いや、でもなんでお父さんが俊也さんの写真を持っているの？

だってふたりとも、無理に戻ることないって言っていたよね？　ほかの人とのお見合いを勧めていたのに……。

写真を眺めたまま呆然としていると、静かな廊下に足音が響いた。

誰か来る！

咄嗟に写真をバッグにしまい、椅子から立ち上がると、オフィスに駆け込んできたのは俊也さんだった。

「芽衣……！」

「……俊也さん？」

呼吸を乱し、額に汗を光らせながら真っ直ぐ私のもとへ駆け寄ると、勢いそのままに抱きしめられた。

「芽衣……」

名前を呼ばれ、苦しいほど抱きしめられた。

どうして私、俊也さんに抱きしめられているの？　これは夢……？

でも私を抱きしめる腕の力も、ぬくもりも、彼の匂いも全部本物。……夢じゃないんだよね。

混乱する私に彼は苦しげに言った。

「お願いだ、芽衣。……俺から離れないでくれ。そばにいてほしい」

そう言うと彼はゆっくりと離れ、まばたきできずにいる私を見つめた。

「ずっと俺、姫乃を忘れられずにいた。でもそれは、姫乃を忘れたらだめだという思いがあったからなんだ。それが間違いだと気づけずに」

「俊也さん……」

見つめ返すと、俊也さんは目を潤ませた。

「姫乃ならきっと、隣で俺の幸せを見届けていると思う。……今、俺の心の中にいるのは姫乃じゃない、芽衣だから。俺が愛しているのは芽衣だ」

「──う、そ」

にわかには信じがたい話に目を見開いた。

だって俊也さんは姫乃さん以外、愛せないはず。それなのに……。

「嘘じゃない。……芽衣が信じてくれるまで、何度だって伝える。……愛してる、芽衣。俺とこの先の長い人生、共に歩んでほしい。……キミともう一度恋したい。最初から始めたいんだ」

真剣な瞳が私を射貫く。

本当なの？　俊也さんが言っていることは。私ともう一度恋したいだなんて――。

何度も彼の言葉が頭の中でリピートされ、熱い涙がこぼれ落ちる。

「私のこと……姫乃さん以上に、好きになってくれたんですか……？　私は姫乃さんに勝てたのでしょうか？」

ちゃんと聞かないと安心できない。姫乃さんと俊也さんの過去を知っているからこそ。ふたりは固い絆で結ばれていたはず。その絆よりも私の存在が彼の中で大きいのか不安だから。

俊也さんは私の目からこぼれる涙を、しなやかな指先で優しくすくった。

「勝ち負けなんてないよ。……気づけなかっただけで、きっと結婚する前から芽衣のことを愛していたんだ。だってそうだろ？　離婚を切り出されて苦しかった。……今、こんなにも芽衣が愛しくてたまらない。キミが好きだよ、愛してる」

「俊也さっ……！」

最後まで声が続かず、私は彼にしがみついた。

「私も俊也さんが大好きです。どんなに忘れようとしても、全然忘れられなくて……」

すると彼は私の体を抱きしめる腕の力を強めた。

「傷つけてごめん。もう二度と芽衣に悲しい思いをさせたりしないから。俺の一生をかけて幸せにするから」

彼のぬくもりに包まれて、やっと夢ではないんだと実感することができた。

俊也さんは一生をかけて私のことを幸せにしてくれると言うけれど、私だって彼を幸せにしたい。姫乃さんの分まで、彼に幸せだと感じてほしい。

どれくらいの時間、彼に抱きしめられていただろうか。私が泣きやんだのを確認すると、私から離れていった。

寂しく思っていると、俊也さんが申し訳なさそうに言った。

「悪い、芽衣仕事が残っているんだよな?」

「あっ……はい」

そうだった、まだ発注をかけていないし、来月の特売商品も決めていない。

青ざめる私に俊也さんは微笑んだ。

「じゃあふたりで片づけよう」

「でも……」

「いいから」

俊也さんは私の隣の席に座り、仕事をちょうだいと手を出した。

咄嗟に「すみません」と言いそうになり、口を結んだ。こういう時は、『ありがとう』だと、彼に言われたことを思い出して。

私も椅子に座り、各店から上がってきた発注書をプリントしたものを渡した。

「ありがとうございます。じゃあ発注のほうをお願いします」

「了解」

それから俊也さんに手伝ってもらいながら仕事を進める中、願ってしまった。これから先もずっと、こうして彼とふたりで肩を並べていきたいと。いつか私が彼を支えられたらいいな……。

無事に仕事が終わる頃には、二十一時を回っていた。

「ありがとうございました」

改めてお礼を言うと、俊也さんは優しく私の頭をなでた。

「どういたしまして。……でもそうだな、お礼をもらってもいいか？」

「お礼、ですか？」

キョトンとなる私に彼は唇の端を吊り上げると、後頭部に手を回し引き寄せた。

「んっ……！」

一瞬にして奪われた唇に、声が漏れる。

「俊也さっ……」

苦しくてキスの合間に彼の名前を呼ぶものの、離してくれない。次第に息が上がる頃、やっと唇が離れた。

だけど彼はすぐに唇が触れてしまいそうな距離で、親指で私の唇をなでた。

「好きだよ、芽衣。……ずっと、こうして芽衣に触れたかった」

そしてまた愛の言葉をささやくと、ふわりと抱きしめられた。

胸が苦しいのにもっと俊也さんのぬくもりに触れていたい。このまま離れたくない。

必死に彼の背中に腕を回してしがみつく。だけどすぐに引き離された。

「帰ろうか。……送る」

え……送るって、私の実家にってことだよね？

どこかでこのまま、彼のマンションに連れ帰ってくれることを期待していた。あんなに甘いキスをして、俊也さんは私のことを帰しちゃうんだ。

私の気持ちとは裏腹に彼は帰り支度を進める。

結婚当初は一線を越えていないながらも、俊也さんのほうからグイグイ攻めてきてくれたのに……。

私はもっと彼と一緒にいたい。帰りたくなんてない。

気持ちは大きくなり、袖を掴んだ。

「……芽衣？」

不思議そうに私を見る彼に、恥ずかしくなる。

言っても平気？　引かれたりしない？　……でも俊也さんと今夜は一緒にいたい。

勇気を振り絞って彼に伝えた。

「私はまだ、帰りたくありません」

「……え」

びっくりしている彼に、羞恥心を捨てて気持ちをぶつけた。

「もっと俊也さんと一緒にいたいです」

「芽衣……」

言ってしまった。でも言わずにはいられなかった。やっと大好きな俊也さんと気持ちが通じ合えたんだもの。今夜だけはずっと一緒にいたい。

だけどなにも言ってくれないと、居たたまれなくなる。迷惑だったかな。

彼の袖を掴む力が強まった時、俊也さんは「勘弁してくれ」と言いながらその場にしゃがみ込んだ。

「え、俊也さん？」

目線を合わせるように私も膝を折ると、彼は恨めしそうに私を見る。

「俺だってできることならこのまま芽衣を連れ帰って、めちゃくちゃに抱きたいよ。……だけどキミのご両親にまだ許しをもらっていないんだ。そもそも俺、ご両親に認めてもらってから芽衣に気持ちを伝えるという約束を破ったし」

「え……えっ？」

話が見えず、頭にハテナマークが並ぶ。

すると俊也さんは私の体を引き寄せた。

「本当はもっと前から自分の気持ちに気づいていたんだ。……芽衣とはちゃんとしたかったから、まずはご両親に筋を通すのが先だと思って。でも門前払いされたままなんだ」

そうだったんだ……。

彼の想いに胸が熱くなる。

「話を聞いてもらうどころか、会ってさえくれない。……でもどんなに時間がかかっても、芽衣のご両親に認めてもらえるようがんばるから」

「俊也さん……」

それだけで彼に愛されていると実感できる。でも、おかしいよね。だって私が今朝渡されたお見合い写真には、俊也さんが写っていたのだから。それにお兄ちゃんも妙に写真を見るよう言ってたし。もしかして……。

「俊也さん、両親はとっくに俊也さんのことを認めているのではないでしょうか？」

「……どういうことだ？」

首をひねる彼にバッグの中から写真を手に取り、彼に見せた。

「え、どうして俺の写真が……？」

混乱する彼に説明した。

「私にって渡されたお見合い写真です。……両親から素敵な人だから会うだけ会ってみなさいって、勧められたんです」

説明しても彼は状況を理解できていない様子。

「つまり両親は、もう俊也さんのことを認めていて、だから私にこの写真を渡したのではないかと……」

私がそう言うと、俊也さんは頭を抱え込んだ。

「それならうれしいが……いや、まだ直接言われたわけでもないのに、このまま芽衣を連れて帰るわけにはいかない」

そう言いながら立ち上がった彼に続き、私も立ち上がった。

「では私から俊也さんを誘ったことにしたらどうでしょうか？」

「……えっ？」

いきなりの提案に彼は目を丸くした。

だってこのまま帰りたくないもの。

「俊也さんはだめだと止めたのに、私が言うことを聞かなかったことにすればいいんです」

「ちょっと芽衣、一度落ち着こうか」

暴走する私を彼は必死になだめる。

でも悪いけど私は自分でも驚くほど冷静だ。

「私、早く俊也さんに抱いてほしいんです！　……だ、だめでしょうか⁉」

ずいぶんと大胆なことを言っているとわかっている。それほど彼のぬくもりに包まれたいの。

ジッと彼を見つめていると、俊也さんはふたり分のバッグを持ち、私の手を掴んだ。

「だめなわけないだろ？　……もういい、芽衣のご両親にはあとで土下座でもなんでもする。……今はただ、芽衣を抱きたい」

そう言うと彼は私の手を引き、会社を後にした。

向かった先は近くのホテル。チェックインをして部屋に入るなり、荒々しく唇を奪われた。

「んっ……俊也さんっ」

「芽衣……」

呼吸ができないほど深く、熱い舌が私の体を甘くとかしていく。

そのまま抱き抱えられベッドに下ろされると、すぐに彼が覆いかぶさってきた。

「ごめん、マンションまで我慢できそうになかった」

苦しそうに表情をゆがめる俊也さんは色っぽくて、胸が苦しくなる。

「……私も」

そっと腕を伸ばして、彼の体を抱きしめた。

「……芽衣っ」

それから彼は、何度も私の名前を愛しそうに呼び、ひと晩中抱いた。

宣言通りめちゃくちゃになるほどに……。

『俺と出会ってくれてありがとう』


「俊也さん、見てくださいあの小さな手」

「かわいいな。……あ、指食べてるぞ」

ベビーベッドでスヤスヤと気持ちよさそうに眠る織田先輩の娘さんに、私と俊也さんはメロメロになる。

今日は織田先輩のお宅を訪ねていた。商品部を代表して俊也さんと出産祝いを届けにきたのだ。

「すみません、みんなにも気を使わせちゃって」

申し訳なさそうに言いながら、織田先輩はお茶を淹れてくれた。それをテーブルに並べると、私たちと一緒に赤ちゃんを愛しそうに見つめた。

「でもこうして仕事のことを気にせず、子供との時間を過ごせることをみんなに……とくに姫野さんには感謝しています。……あ、もう門脇さんね」

本当は俊也さんの名字は『青野』なんだけどな。

でも、俊也さんが社長のひとり息子ということは、まだ伏せられている。

「芽衣は期待以上によくやってくれている。だから今は安心して子供との時間を大切にしてくれ。……旦那さん、まだ一度も子供に会えていないんだろ？」

「……はい」

織田先輩の旦那様は出産前に海上に出たきり、まだ戻ってきていないらしい。

撮った写真を送ったらしいけど、早く子供に会いたいよね。それに織田先輩だってひとりでの子育ては大変で不安なはず。

「それとなにかあったら誰でもいいから頼れよ？　まぁ、俺はあまり力にはなれないが、子育て経験者が会社にはたくさんいるんだから」

俊也さんらしい優しさに、私も続いた。

「そうですよ、織田先輩。私でも力になれることがあったら、いつでも言ってくださいね」

織田先輩のためなら、なんだってする。

すると彼女は笑いながら涙を拭った。

「ありがとう。じゃあなにかあった時は遠慮なく頼らせてもらいます。……それにしても、もうすっかり夫婦になっちゃいましたね、ふたり。やっぱりお似合い」

織田先輩に言われ、私と彼は顔を見合わせ、笑ってしまった。

お互いの気持ちを確かめ合い、初めて結ばれた夜。これまで感じたことのない幸福感に包まれた。

俊也さんが愛しくてたまらなくて、できることならこのままずっとくっついていたいと願うほど。

次の日の早朝、俊也さんは私を家まで送り届けてくれた。無断で外泊をしてしまったわけだし、さぞかし心配しているか、怒っているかと思っていたんだけど、どうやらお兄ちゃんがしっかり根回ししていたようだ。

お父さんとお母さんは俊也さんを家に招き入れた。

私の予想通り、俊也さんのご両親と話がついていたようで、だから私に彼の写真を見合い相手だ、なんて言いながら渡したようだ。

もう一度私たちに、一から出会って関係を築いてほしいと願いを込めて。

お母さんはまだ「あなたのこと、完全に信用したわけではありませんから」なんて言いながらも、「大切なのは、芽衣さんの気持ちです」と言ってくれた。

「俊也君、今度こそ芽衣をなにがあっても幸せにしてくれるんだろうね？」

お父さんにそう聞かれた俊也さんは、力強く答えた。

「はい、必ず」

彼の返事を聞き、ふたりの表情は緩んだ。

まぁ……正直まだ、お母さんは俊也さんと会うたびにチクリと嫌みを言ってくるけど。でもそれを俊也さんは「芽衣が愛されている証拠」だと受け止めてくれている。

「芽衣、荷物はこれだけか？」

「はい」

ほどなくして私たちはまた一緒に暮らし始めた。——といっても、なんだかんだ一ヵ月過ぎてからになっちゃったけど。

それというのも、計画していた家族旅行に出ていたことと、なによりお兄ちゃんに引き止められ続けたことが大きく影響している。

「俊也はこれから先、死ぬまで芽衣と一緒に暮らせるんだ。もう少し芽衣との幸せな生活を満喫させてくれ」なんてことを言われながら。

クローゼットの中に洋服をしまっていると、玲子と行くはずだった婚活パーティーに着ていく服が出てきた。

もちろん婚活パーティーは断った。俊也さんとのことを伝えた時、玲子ってば泣きながら喜んでくれたんだよね。

そんな彼女にも早く幸せになってほしいと切に願ってしまう。

片づけを済ませ、ふたりで手をつないで近所のスーパーに買い物に出かけた。

「今晩はなにを作ろうか」

「俊也さんが好きなもの、作りますよ？」

「いいのか？」

「はい」

実家暮らし中、どうやらお兄ちゃんが俊也さんに、私が自分のために好物を作ってくれたと、わざわざ写真付きのメッセージを送って自慢していたようだから。

それを見て俊也さん、おもしろくないって言っていたし。

いくつになっても子供のようなやり取りができるのは、仲がいい証拠なんだろうけど……聞いているこっちは笑ってしまうというか、あきれてしまうというか。

「そうだ、芽衣。明日、行きたいところがあるんだ。……付き合ってくれないか？」

「いいですよ、どちらに行くんですか？」

聞くと彼は大きく瞳を揺らした。

次の日、俊也さんが私を連れてやって来たのは姫乃さんが眠る墓前だった。

途中で購入した花束を供え、手を合わせた彼に続いて私も手を合わせた。

俊也さんから、姫乃さんの手紙のことを聞いた。彼女の手紙のおかげで自分の気持ちに気づけたということも。

死が近づいてくる恐怖と闘いながら、姫乃さんはどんな思いで彼に、あの手紙を書き残したのだろうか。

やっぱりどんなにがんばっても私は、姫乃さんに勝つことはできないと思う。でも俊也さんと幸せになることはできるはず。

どうか私と彼を見守っていてください。俊也さんのことは、あなたの分まで絶対に幸せにしてみせます。

彼女に誓って目を開けると、隣で俊也さんはまだ手を合わせていた。

その様子を見守っていると、ゆっくりと目を開いた彼は私を見て「悪い」とつぶやいた。

「どうしても芽衣と、姫乃に会いにきたかったんだ」

そう言うと彼は私の肩に腕を回し、墓前に向かって言った。

「姫乃、紹介する。芽衣だ。……俺、彼女と絶対幸せになるから。だからいつまでも隣で幸せを見守っていてくれ」

俊也さん……。

笑顔で姫乃さんに報告する彼の姿を目にすると、涙がこぼれ落ちた。

本来なら、こうして彼の隣にいるのは私ではなかった。姫乃さんは今、どんな思いで私たちを見ていますか？　俊也さんの相手として、私は相応しいと認めてもらえただろうか。

その答えを聞くことはできないけれど、俊也さんの言う通り、これから先もずっと見守ってくれると切に願ってしまう。

声が出ず、私はただ姫乃さんに向かって頭を下げることしかできなかった。


「ありがとうな、今日は付き合ってくれて」

「いいえ。私も一度挨拶したかったのでうれしかったです」

帰り道、駅に向かいながら歩いていると、さわさわと緑が揺れる音が木霊《こだま》する。

すると彼は足を止めて空を見上げた。その横顔を見つめていると、俊也さんはまぶしい笑顔を私に向けた。

「芽衣、愛してる」

「……えっ⁉」

急になにを言いだすかと思えば……！

周囲に人がいないかキョロキョロする私の腰に腕を回し、彼は軽々と抱き上げた。

「キャッ⁉」

視界が高くなり咄嗟に彼にしがみつく。

「芽衣、上を見て」

言われるがまま視線を上げると、いつもより空が近い。

「綺麗な空だな」

「……はい」

雲ひとつない澄み切った青空は本当に綺麗。

「こうして何気ない景色に感動したい」

そっと私を下ろすと、大きな手が優しく私の手を包み込んだ。

「たくさん笑い合って、時にはけんかもしたりして。……もしかしたらつらいことがあるかもしれない。でもふたりで乗り越えて、そうやって幸せに芽衣とこれからの未来を生きていきたい」

やだな、そんなことを言われたらまた泣いちゃいそう。

必死に涙をこらえる私に、彼は優しい声色で言った。

「芽衣……俺と出会ってくれてありがとう。こんな俺を好きになってくれて、本当にありがとう」

「……俊也さん」

だめだ、涙腺が崩壊する。

「なに言ってるんですか？　それは私のセリフです。……あなたと出会えて私は幸せです」

「芽衣……」

これほど好きになれる相手と巡り合うことができてよかった。好きになったのが俊也さんで本当によかった。そして私たちが出会えたのは、姫乃さんという存在があったからこそだということを、決して忘れない。

涙を拭いながら、今さらながら道端で告白し合ったのがおかしくて、ふたりして笑ってしまった。

「帰ろうか」

「……はい」

どちらからともなく手を取り、帰路につく。

「これから忙しくなるな。結婚式に新婚旅行。それに仕事もがんばらないと」

「そうですね」

俊也さんは商品部からいなくなる。でも同じ会社だし、なにより家に帰ればいつだって一緒にいられるもの。寂しくなんてない。

むしろ私のほうこそますます仕事をがんばらないと。

「いずれ俺は、父さんの跡を継いで社長の椅子に座る。……でもなにがあっても、芽衣のことは全力で守るから。だから芽衣は俺の隣で笑っていてくれ」

そう言うと彼はギュッと手を握りしめ、真剣な瞳を私に向けた。

「もしかしたら昔のように心ないことを言われるかもしれない。……その時は絶対に俺に言うこと。お願いだからひとりで抱えて苦しまないでくれ」

俊也さんの優しさに、またうれしくて泣いてしまいそう。

だけど今は笑顔で彼に伝えるべき。

「……はい！」

笑って返事をすると、俊也さんも笑顔を見せた。

ずっと自分の生い立ちに負い目を感じてきた。でもそんなの関係ないよね。他人にどう思われようと、私は今とっても幸せ。だったら堂々と、彼の隣でいつも笑って過ごしていこう。

「それとさ」

そう前置きすると、彼は私の耳に顔を寄せた。

「早く子供がほしいな。芽衣と俺の子だったら、絶対かわいいだろうし」

「なっ……!?」

言葉に詰まる私を見て、俊也さんは声をあげて笑った。

「いや、でももう少し芽衣との新婚生活を楽しみたいな」

「もう、どっちですか?」

すると彼は足を止め、周りに人がいないことを確認してそっとキスを落とした。

「どっちも。……芽衣のことを愛しているから早く子供も欲しいし、ふたりの時間も大切にしたいんだ。だからまずは今夜、とことん愛し合おうか?」

イジワルな顔で言われてタジタジになりながらも、そんな俊也さんがやっぱり大好きで彼の胸に飛び込んだ。

きっと私たちはこれから先の未来も、ずっと幸せに過ごしていけるはず。近い将来、新たな家族を迎えて。

特別書き下ろし番外編

『キミが愛しくてたまらない　俊也SIDE』

大通りから一本中に入った場所に、隠れ家的なバーがある。二十歳を超えてから昴と足しげく通っていた。

店内は狭く、カウンターに七席しかないわりに、飲める酒の種類が豊富。マスターは趣味でやっていると昔から公言している通り、目立った看板を出すことなく、いつも客足は少ない。おかげで俺たちは心置きなくうまい酒を飲みながら、訪れるたびに楽しいひと時を過ごしていた。

だけど今日ばかりは、楽しい気分でうまい酒を飲めそうにない。ここに来てから、何度目かわからないため息を漏らしてしまう。

「おい、どうした？　さっきからため息ばかりつきやがって。俺まで気分が落ちるからやめろ」

イライラしている昴をよそに、俺はまたため息をこぼした。

「ため息も出るさ。誘った時に話しただろ？　せっかく仕事が早く終わったのに、芽衣は女子会。一緒に酒を飲んでいるのが昴なんだから」

「なっ……！　誘ったのは俊也だろうが‼　人がせっかく忙しい仕事の合間を縫って来てやったというのに……っ！」

「仕方ないだろ？　空いてるのがお前しかいなかったんだから。……芽衣がいない家には、帰りたくなかったんだ」

芽衣は今夜、復帰した織田との女子会で遅くなる。

同僚との付き合いは大切だし、積極的に参加するべきだ。頭ではそうわかっているのに、芽衣と少しの時間でも一緒に過ごせないのは寂しく感じる。

なにより心配でたまらない。女子会とはいえ、場所は飲食店。客の中には男もいるはず。……大丈夫だろうか、声をかけられたりしていないだろうか。

考えれば考えるほど落ち着かなくなる。

「なぁ、昴。場所を移動しないか？」

「移動って……まさか芽衣が女子会やっている店に行くつもりじゃないだろうな」

「そのつもりだけど」と言うと、今度は昴が深いため息をこぼした。

「心配しすぎだ。芽衣も、もう大人なんだから大丈夫だろうが。お前……どれだけ芽衣のことが好きなんだ？」

あきれた様子の昴を尻目に、グラスに残っていたウイスキーを飲み干した。

「二十四時間、ずっと一緒にいたいくらい好きだよ。それに心配して当然だろ？　芽衣はかわいいんだ。男なら誰だって放っておかないだろ？」

真実を述べただけだというのに、昴は絶句し目を瞬かせる。

「なんだよ、その顔は。お前だってさんざん昔言っていたじゃないか。芽衣がかわいすぎて心配になるって」

「そ、それはそうだが……。俊也がそこまで芽衣にベタ惚れとは意外でな」

クスリと笑いながら昴はマスターに、自分の分と俺の分のおかわりを注文した。

「俺は昔のボロボロだった俊也を知っているからさ。……姫乃以上に好きになれたのが、妹である芽衣でうれしいよ。姫乃もきっと喜んでいるだろう」

昴の話を聞き、おもむろに誰もいない隣の席を見てしまう。……姫乃のことだ、隣で俺たちの話を聞きながらうなずいているだろうな。

マスターからおかわりをもらい、自然とお互い二度目の乾杯をした。

「それで最近の芽衣はどうなんだ？　俺はべつにお前のノロケを聞きたくて来たんじゃないからな。お前が俺を呼び出した理由はどうであれ、こっちは芽衣の様子が知りたくて来てやったんだ。だから教えろ」

昴の相変わらずのシスコンぶりに苦笑いしながらも、最近の芽衣の様子を話した。

「育児休暇に入っていた先輩の織田が戻ってきたが、しばらくは時短で働く予定だからな。これまで以上に仕事に励んでいるよ」

「……そうか。まぁ、芽衣らしいな」

「あぁ。でもそれが寂しくもある。俺が来月から執行部に異動するだろ？　だから今後は仕事で俺に頼るわけにはいかないって言うんだ。……上司である前に俺は芽衣の夫だというのに。もっと甘えてくれたらと思っているよ」

　ボソッと言うと、昴は目を丸くした後、声をあげて笑いだした。

「アハハッ……！　なんだよ、子供みたいに拗ねて……！　お前、本当に余裕ないほど芽衣にベタ惚れだな」

　あまりに昴が笑うものだから、柄にもなく恥ずかしくなる。

「うるせぇ。いいだろ？　夫婦なんだから。……なんだろうな、芽衣には弱い自分も恥ずかしい自分も、すべてを曝け出したからか、変にカッコつけることもなく、いつも素直な自分でいられる」

　俺よりも年下なのに、不思議と芽衣には甘えることができるんだ。

「いいことじゃないか？　姫乃と一緒にいる時の俊也は、どこかカッコつけていて、姫乃を守るんだって必死になっていただろ？　……これから長い人生を過ごしていくんだ。変に緊張したり、気遣ったりすることなく、自然体でいられるのが一番だよ」

「昴……」

珍しく真面目なことを言ったと思いきや、昴は急に鋭い視線を向けた。

「もちろん芽衣にとってもお前は、甘えられる存在になっているんだろうな？　芽衣だけが我慢してつらい思いをしているなら、離婚させるからな！」

「離婚なんてするか！　……大丈夫、芽衣が嫌になるほど毎日甘やかしているから」

得意気に言うと、昴は「それならいいが……」とまだ不服そうに言う。

たくさん傷つけてしまった分、幸せにしたい。もう二度と芽衣に悲しい思いをさせたくない。芽衣のことを、世界で一番幸せにしたいと思っている。

「昴こそいい加減、結婚したらどうだ？　芽衣は俺が幸せにするんだから、安心して結婚できるだろ？」

芽衣も昴のことを心配していた。早くいい相手と巡り合って幸せになってほしいと。そんな最愛の妹の気持ちも知らず、昴は手を左右に振った。

「いや、俺はまだいい。……父さんが勧める相手と結婚してもいいかと思っていたが、芽衣と俊也を見ていたら、俺も出会ってみたくなった。たったひとりの運命の相手に」

恍惚とした表情でロマンチックなことを言う昴に、我慢できず笑ってしまった。

「出会ってみたくなったってっ……！　だめだ、お前が言うと笑える」

「おい！」

すかさず突っ込んできた昴に、また笑ってしまった。

でもそうか……。俺と芽衣を見て、結婚に対する思いが変わったのか。

「……出会えるといいな、昴にとってたったひとりの運命の相手に」

とは言いながら、昴のことは昔から知っているからこそ、おかしくてまた笑ってしまった。

「笑うな！　こっちは本気なんだからな。友達として応援しろ」

「もちろん応援するよ」

なかなか恥ずかしくて言えないが、つらい時支えてくれた昴には誰よりも幸せになってほしいと願っている。

いつか昴が運命の相手と出会い、永遠の愛を誓う場所で伝えよう。俺がどれだけ昴に感謝し、昴が俺にとってかけがえのない存在なのかを。

それからも久しぶりにふたりでふざけ合いながら、楽しい時間を過ごしていった。

昴と別れたのは二十二時過ぎ。芽衣からの連絡はない。きっと織田たちと盛り上がっているんだろう。

まだ真っ直ぐ家に帰る気になれなくて、スーパーに立ち寄った。

今夜は酔って帰ってくるだろうし、明日の朝はゆっくり寝かせてやりたい。たまには俺が朝食を用意して、芽衣を喜ばせたい気持ちもある。

芽衣に教わっているおかげで、少しずつ料理もできるようになってきた。簡単なものなら俺にも作れる。

以前、テレビのカフェ特集を一緒に見ていると、モーニングメニューにおいしそうなフルーツたっぷりのパンケーキがあった。

それを見て芽衣は、今度休日に作って食べたいと言っていたのを思い出した。パンケーキなら俺ひとりでも焼けるだろう。

次々とかごの中に材料を入れていると、急に背中を叩かれた。驚き振り返ると、そこには笑顔の芽衣がいた。

「俊也さん、お兄ちゃんとはもう別れたんですか？」

「あ、あぁ。芽衣こそもう女子会は終わったのか？」

突然現れた芽衣に戸惑っていると、彼女は珍しく自分から俺の腕にしがみついた。

「はい！　俊也さんに早く会いたくて、帰ってきちゃいました」

屈託ない笑顔を向けられ、思いっきり抱きしめたい衝動に駆られる。

これは芽衣……だいぶ酔っているな。以前、俺の酒を間違って飲んで酔いつぶれたことはあるが、ほろ酔いだとこんなに甘えてくるんだな。

「そ、そうか。でもなんでスーパーに？」

初めて見る芽衣の姿に驚きながら聞くと、甘えた声で言う。

「俊也さん、飲んでくるって言っていたから、甘い物食べたくなるかなーって思って。それで買いにきたんです」

どうしようか。芽衣の気持ちがうれしくて、いよいよ抱きしめたい。

「ありがとう。じゃあプリンかケーキでも買って、これからふたりで食べようか？」

「いいですね‼　俊也さんと一緒に食べたいです」

そう言って人目をはばからず、思いっきり俺に抱きついてきた。

だめだ、もう限界。

「芽衣、帰るぞ」

急いで会計を済ませ、マンションへ向かった。

帰宅後、ひと晩中、芽衣の甘い体に酔いしれた。

「えっ……あれ？　どうして私、裸で……っ⁉」

「んっ……どうした？　芽衣」

次の日の朝。慌てふためく声に重いまぶたを開けると、隣で芽衣は混乱していた。

「あ、俊也さん！　この状況はいったい……⁉」

どうやら芽衣は、昨夜の甘い情事の記憶がないようだ。あんなにかわいく俺を求めて甘えてきたというのに……。

俺しか覚えていないのかと思うとおもしろくなくて、いまだに混乱している芽衣の鼻をキュッとつまんだ。

「いっ……⁉」

「忘れている芽衣が悪い。……昨夜は芽衣から誘ってきたんだからな？」

「わ、私からですか⁉」

本当はもちろん俺が襲ったわけだけど、芽衣だっていつも以上に俺を求めてくれた。だから半分は本当だ。

悪戯心でついた嘘に、芽衣はおもしろいほど青ざめる。そんな彼女を見ていたら、我慢できず噴き出してしまった。当然芽衣は、からかわれたんだと気づき、頬を膨らませた。

「俊也さんってばひどい！　またからかいましたね⁉」

「ごめんごめん」

謝りながら芽衣の頭をなでて、優しく体を抱き寄せた。

「でも昨夜の芽衣は、いつも以上に素直だったぞ？　普段からあれだけ甘えてくれたらいいのに」

「それは……っ」

途端に口ごもると、芽衣は必死に俺にしがみついた。

「うざくないですか？　……いっぱい甘えたら」

「えっ？」

意外なことを言うものだから、体を離し芽衣の顔を覗き込んだ。すると彼女は照れくさそうに目を泳がせる。

「本当は私、四六時中ずっと俊也さんにこうして抱きついていたいくらいなんです。……でもこういうの、嫌じゃないですか？」

恐る恐る聞いてきた芽衣が愛しくてたまらない。

「嫌なわけないだろ？　それに俺だって同じ。二十四時間ずっと芽衣とこうしていたいから」

「俊也さん……」

彼女の頬をそっとなでた。

「今みたいになんでも話してほしい。俺にだけは我慢せず、些細なことでもいいから教えてほしい。……それとなにがあっても、どんなことをされても俺が芽衣を嫌いになることはないから。……わかったか？」

ギューッと抱きしめると、芽衣もまた俺の背中に腕を回した。

「はい、わかりました。……じゃあさっそくいいですか？」

「もちろん」

すると芽衣は、顔を上げて照れながら言った。

「今すぐキスしてください」

キスしてくださいって……。芽衣は俺を萌え死にさせるつもりだろうか。

「……いくらでも」

そんなのいくらでもしてやる。

出勤時間ギリギリまで、芽衣とたくさんキスを交わした。本当、かわいくて愛してたまらない。

彼女と過ごす毎日が、幸せでありますように……と、何度願っただろうか。

あれから朝食を済ませて、髪をセットしていると、洗面所の鏡に映る自分は恥ずかしくなるほど幸せそうで、苦笑いしてしまう。

昴のことを笑えないくらい、芽衣といるといつもロマンチックなことを願ってしまうことは、あいつには絶対言えそうにない。

「俊也さん、行きましょうか」

「あぁ」

玄関先でキスを交わし、ふたり一緒に家を出る。

幸せな毎日は結婚後も永遠に続くはず。きっとこの先、新たな家族を増やして……。

END

あとがき

このたびは、『旦那様の独占欲に火をつけてしまいました〜私、契約妻だったはずですが！〜』をお手に取ってくださり、ありがとうございました。

難しいテーマに挑戦した作品で、たくさんの思いを込めました。

大切な存在を失った悲しみは、その人にしかわからないと思います。別れ方によっても、その気持ちは変わるはずです。

芽衣の母親や姫乃のように、自分の命の期限を知ってしまうことは大変つらいことですが、事故や天災によって突然命が尽きることもありますよね。私も従兄弟や友人を、不慮の事故で亡くしています。本当に突然のことでした。

どうやっても亡くなった大切な人のことを忘れることは、絶対にできないと思います。だからこそ、受け止め方もその先の生きる未来も、人それぞれ違うはずです。

大切な人を失くした時、その人のことを想い続けて生きていくか、新たな大切な存在を見つけて生きていくか、どちらが正しいのか正解などないと思います。

大切なのは、いつ尽きるかわからないからこそ命ある限り、今この瞬間を幸せに生きていくことではないかと私は考えています。

この作品を通して俊也や芽衣、姫乃たちの思いや、選んだ道をそれぞれの立場から考え、なにか感じていただけたのなら幸いです。読んでくださった皆様の心に少しでも残る作品でありますように……。


最初から最後まで大変お世話になった、担当の福島様。細かなところまで作品と寄り添ってくださった編集の佐々木様。とっても素敵なカバーイラストを描いてくださった、琴ふづき様。出版にあたりお力添えいただいた皆様、本当にありがとうございました。

なにより、いつもお手にとってくださる読者の皆様、本当に本当にありがとうございます。

またこのような素敵な機会を通して、皆様とお会いできることを願って……。

田崎《たさき》くるみ

田崎くるみ先生への
ファンレターのあて先

〒104-0031
東京都中央区京橋1-3-1
八重洲口大栄ビル7F
スターツ出版株式会社　書籍編集部　気付

田崎くるみ先生

本書へのご意見をお聞かせください

お買い上げいただき、ありがとうございます。
今後の編集の参考にさせていただきますので、
アンケートにお答えいただければ幸いです。

下記URLまたはQRコードから
アンケートページへお入りください。
https://www.berrys-cafe.jp/static/etc/bb

この物語はフィクションであり、
実在の人物・団体等には一切関係ありません。
本書の無断複写・転載を禁じます。

旦那様の独占欲に火をつけてしまいました
～私、契約妻だったはずですが！～

2019年8月10日　初版第1刷発行

著　　者　田崎くるみ
©Kurumi Tasaki 2019
発行人　松島 滋
デザイン　カバー　井上愛理（ナルティス）
フォーマット　hive & co.,ltd.
校　　正　株式会社鷗来堂
編集協力　佐々木かづ
編　　集　福島史子
発行所　スターツ出版株式会社
〒104-0031
東京都中央区京橋1-3-1　八重洲口大栄ビル7F
TEL　出版マーケティンググループ　03-6202-0386
（ご注文等に関するお問い合わせ）
URL　https://starts-pub.jp/
印刷所　大日本印刷株式会社

Printed in Japan

乱丁・落丁などの不良品はお取替えいたします。
上記出版マーケティンググループまでお問い合わせください。
定価はカバーに記載されています。

ISBN 978-4-8137-0733-2　C0193

ベリーズ文庫 2019年8月発売

『恋の餌食　俺様社長に捕獲されました』　紅《くれない》カオル・著

空間デザイン会社で働くカタブツOL・梓は、お見合いから逃げまわっている社長の一樹と偶然鉢合わせる。「今すぐ、俺の婚約者になってくれ」と言って、有無を言わさず梓を巻き込み、フィアンセとして周囲に宣言。その場限りのウソかと思いきや、俺様な一樹は梓を片時も離さず、溺愛してきて…!?

ISBN 978-4-8137-0730-1／定価：本体640円＋税

『堅物社長にグイグイ迫られてます』　鈴《すず》ゆりこ・著

設計事務所で働く雛子は、同棲中の彼の浮気現場に遭遇。家を飛び出し途方に暮れていたところを事務所の所長・御子柴に拾われ同居することに。イケメンだが仕事には鬼のように厳しい彼が、家で見せる優しさに惹かれる雛子。ある日彼の父が経営する会社のパーティーに、恋人として参加するよう頼まれ…。

ISBN 978-4-8137-0731-8／定価：本体640円＋税

『身ごもり政略結婚』　佐倉《さくら》伊《い》織《おり》・著

閉店寸前の和菓子屋の娘・結衣は、お店のために大手製菓店の御曹司・須藤と政略結婚することに。結婚の条件はただ一つ"跡取りを産む"こと。そこに愛はないと思っていたのに、結衣の懐妊が判明すると、須藤の態度が豹変!?　過保護なまでに甘やかされ、お腹の赤ちゃんも、結衣も丸ごと愛されてしまい…。

ISBN 978-4-8137-0732-5／定価：本体640円＋税

『旦那様の独占欲に火をつけてしまいました』　田《た》崎《さき》くるみ・著

婚活に連敗し落ち込んでいたOL・芽衣は、上司の門脇から「俺と結婚する?」とまさかの契約結婚を持ちかけられる。門脇は親に無理やりお見合いを勧められ、断り文句が必要だったのだ。やむなく同意した芽衣だが、始まったのはまさかの溺愛猛攻!?　あの手この手で迫られ、次第に本気で惹かれていき…!?

ISBN 978-4-8137-0733-2／定価：本体650円＋税

『偽装夫婦　御曹司のかりそめ妻への独占欲が止まらない』　高《たか》田《だ》ちさき・著

元カレの裏切りによって、仕事も家もなくした那夕子。ひょんなことから大手製薬会社のイケメン御曹司・尊に夫婦のふりをするよう頼まれ、いきなり新婚生活がスタート！「心から君が欲しい」――かりそめの夫婦のはずなのに、独占欲も露わに朝から晩まで溺愛され、那夕子は身も心も奪われていって――!?

ISBN 978-4-8137-0734-9／定価：本体630円＋税

タイトル、価格等は変更になることがございますのでご了承ください。

ベリーズ文庫 2019年8月発売

『次期国王は独占欲を我慢できない』 雪夏《きよか》ミエル・著

田舎育ちの貴族の娘アリスは、皆が憧れる王宮女官に合格。城でピンチに陥るたびに、偶然出会った密偵の青年に助けられる。そしてある日、美麗な王子ラウルとして現れたのは…密偵の彼!? しかも「君は俺の大切な人」とまさかの溺愛宣言！素顔を明かして愛を伝える彼に、アリスは戸惑うも抗えず…!?

ISBN 978-4-8137-0735-6／定価：本体650円＋税

『自称・悪役令嬢の華麗なる王宮物語ー仁義なき婚約破棄が目標ですー』 藍里《あいさと》まめ・著

内気な王女・セシリアは、適齢期になり父王から隣国の王太子との縁談を聞かされる。騎士団長に恋心を寄せているセシリアは、この結婚を破棄するためとある策略を練る。それは、立派な悪役令嬢になること！ 人に迷惑をかけて、淑女失格の烙印をもらうため、あの手この手でとんでもない悪戯を試みるが…!?

ISBN 978-4-8137-0736-3／定価：本体620円＋税

『異世界で、なんちゃって王宮ナースになりました。王子がピンチで結婚式はお預けです!?』 涙鳴《るいな》・著

異世界にトリップして、王宮ナースとして活躍する若菜は、王太子のシェイドと結婚する日を心待ちにしている。医療技術の進んでいないこの世界で、出産を目の当たりにした若菜は、助産婦を育成することに尽力。そんな折、シェイドが襲われて記憶を失くしてしまう。若菜は必死の看病をするけれど…。

ISBN 978-4-8137-0737-0／定価：本体640円＋税

『転生令嬢は小食王子のお食事係』 甘沢林檎《あまさわりんご》・著

アイリーンは料理が得意な日本の女の子だった記憶を持つ王妃の侍女。料理が好きなアイリーンは、王妃宮の料理人と仲良くなりこっそりとお菓子を作ったりしてすごしていたが、ある日それが王妃にバレてしまう。クビを覚悟するも、お料理スキルを見込まれ、王太子の侍女に任命されてしまい!?

ISBN 978-4-8137-0718-9／定価：本体620円＋税

ベリーズ文庫 2019年9月発売予定

Now Printing

『打上花火』 夏雪《なつゆき》なつめ・著

化粧品会社の販売企画で働く果穂は、課長とこっそり社内恋愛中。ところがある日、彼の浮気が発覚。ショックを受けた果穂は休職し、地元へ帰ることにするが、偶然元カレ・伊勢崎と再会する。超敏腕エリート弁護士になっていた彼は、大人の魅力と包容力で傷ついた果穂の心を甘やかに溶かしていき…。

ISBN 978-4-8137-0749-3／予価600円＋税

Now Printing

『不愛想な同期の密やかな恋情』 水守恵蓮《みずもりえれん》・著

大手化粧品メーカーの企画部で働く美紅は、長いこと一緒に仕事をしている相棒的存在の同期・穂高のそっけない態度に自分は嫌われていると思っていた。ところがある日、ひょんなことから不愛想だった彼が豹変！　強引に唇を奪った挙句、「文句言わずに、俺に惚れられてろ」と溺愛宣言をしてきて…!?

ISBN 978-4-8137-0750-9／予価600円＋税

Now Printing

『p.s.好きです。』 宇佐木《うさぎ》・著

筆まめな鈴音は、ある事情で一流企業の御曹司・忍と期間限定の契約結婚をすることに！　毎日の手作り弁当に手紙を添える鈴音の健気さに、忍が甘く豹変。「俺の妻なんだから、よそ見するな」と契約違反の独占欲が全開に！　偽りの関係だと戸惑うも、昼夜を問わず愛を注がれ、鈴音は彼色に染められていき…!?

ISBN 978-4-8137-0751-6／予価600円＋税

Now Printing

『【社内公認】疑似夫婦　―私たち、(今のところはまだ)やましくありません！―』 兎山《とやま》もなか・著

寝具メーカーに勤める奈都は、エリート同期・森場が率いる新婚向けベッドのプロジェクトメンバーに抜擢される。そこで、ひょんなことから寝心地を試すため、森場と2週間夫婦として一緒に暮らすことに!?　新婚さながらの熱い言葉のやり取りを含む同居生活に、奈都はドキドキを抑えられなくなっていき…。

ISBN 978-4-8137-0752-3／予価600円＋税

Now Printing

『恋も愛もないけれど』 吉澤紗矢《よしざわさや》・著

家族を助けるため、御曹司の神楽と結婚した令嬢の美琴。政略的なものと割り切り、初夜も朝帰り、夫婦の寝室にも入ってこない彼に愛を求めることはなかった。それればかりか、神楽は愛人を家に呼び込んで…!?　怒り心頭の美琴は家庭内別居を宣言し、離婚を決意する。それなのに神楽の冷たい態度が一変して？

ISBN 978-4-8137-0753-0／予価600円＋税

タイトル、価格等は変更になることがございますのでご了承ください。